Franz Kafka

A METAMORFOSE

Conheça os títulos da coleção SÉRIE OURO:

1984
A ARTE DA GUERRA
A IMITAÇÃO DE CRISTO
A INTERPRETAÇÃO DOS SONHOS
A METAMORFOSE
A MORTE DE IVAN ILITCH
A ORIGEM DAS ESPÉCIES
A REVOLUÇÃO DOS BICHOS
ALICE NO PAÍS DAS MARAVILHAS
ALICE ATRAVÉS DO ESPELHO
CARTAS A MILENA
CONFISSÕES DE SANTO AGOSTINHO
CONTOS DE FADAS ANDERSEN
CRIME E CASTIGO
DOM CASMURRO
DOM QUIXOTE
FAUSTO
MEDITAÇÕES
MEMÓRIAS PÓSTUMAS DE BRÁS CUBAS
O DIÁRIO DE ANNE FRANK
O IDIOTA
O JARDIM SECRETO
O LIVRO DOS CINCO ANÉIS
O MORRO DOS VENTOS UIVANTES
O PEQUENO PRÍNCIPE
O PEREGRINO
O PRÍNCIPE
O PROCESSO
ORGULHO E PRECONCEITO
OS IRMÃOS KARAMÁZOV
PERSUASÃO
RAZÃO E SENSIBILIDADE
SOBRE A BREVIDADE DA VIDA
SOBRE A VIDA FELIZ & TRANQUILIDADE DA ALMA
VIDAS SECAS

Conheça os títulos da coleção SÉRIE LUXO:

JANE EYRE

FRANZ KAFKA

A METAMORFOSE

TEXTO INTEGRAL
EDIÇÃO ESPECIAL DE 110 ANOS

GARNIER
DESDE 1844

GARNIER
DESDE 1844

Fundador: **Baptiste-Louis Garnier**

Copyright desta tradução © IBC - Instituto Brasileiro De Cultura, 2024

Título original: Die Verwandlung
Reservados todos os direitos desta tradução e produção, pela lei 9.610 de 19.2.1998.

1ª Impressão 2025

Presidente: Paulo Roberto Houch
MTB 0083982/SP

Coordenação Editorial: Priscilla Sipans
Coordenação de Arte: Rubens Martim (capa)
Tradução: Fabio Kataoka
Diagramação: Rogério Pires
Revisão: Suely Furukawa

Vendas: Tel.: (11) 3393-7727 (comercial2@editoraonline.com.br)

Foi feito o depósito legal.
Impresso na China

	Dados Internacionais de Catalogação na Publicação (CIP) de acordo com ISBD	
K11m	Kafka, Franz	
	A metamorfose - Série Ouro / Franz Kafka. - Barueri : Garnier, 2024.	
	96 p. : 15,1cm x 23cm.	
	ISBN: 978-65-84956-71-1	
	1. Literatura alemã. 2. Ficção. I. Título.	
2024-2321		CDD 833
		CDU 821.112.2-3
	Elaborado por Odilio Hilario Moreira Junior - CRB-8/9949	

IBC — Instituto Brasileiro de Cultura LTDA
CNPJ 04.207.648/0001-94
Avenida Juruá, 762 — Alphaville Industrial
CEP. 06455-010 — Barueri/SP
www.editoraonline.com.br

SUMÁRIO

Introdução..7

Capítulo 1 9

Capítulo 2..31

Capítulo 3..51

A Vida de Franz Kafka 72

Kafkiano...76

Família...77

Estudos..78

Trabalho..80

Mulheres..81

Personalidade..84

Política...86

Judaísmo e sionismo...87

Contos..89

Romances..90

Morte...94

INTRODUÇÃO

A *Metamorfose* foi publicada pela primeira vez na edição de outubro de 1915 da *Die Weißen Blätter*, uma revista mensal de literatura expressionista, que circulava na Alemanha. O texto, que alguns estudiosos consideram uma novela e outros acham mais próximo de um conto, foi escrito em apenas vinte dias, em 1912.

Gregor Samsa é a personagem central de *A Metamorfose*. É um caixeiro-viajante solteiro que trabalha há cinco anos na mesma empresa, para sustentar os pais e uma irmã e pagar dívidas da família.

Sem dúvida, Franz Kafka é a personalidade mais conhecida da cidade onde nasceu: Praga, que fica na atual República Tcheca. Na época, a localidade pertencia ao Império Austro-Húngaro.

Nascido em 1883, em uma família judaica, Kafka dominava o tcheco e o alemão, e se consagrou como escritor na língua alemã. Morreu em 1924, na Áustria, pouco depois de completar 41 anos.

Especialistas em Literatura concluem que Albert Camus, Gabriel García Márquez e Jean-Paul Sartre estão entre os escritores influenciados pela obra de Kafka. Segundo eles, o termo kafkiano indica algo complicado, labiríntico e surreal, como as situações encontradas em sua obra.

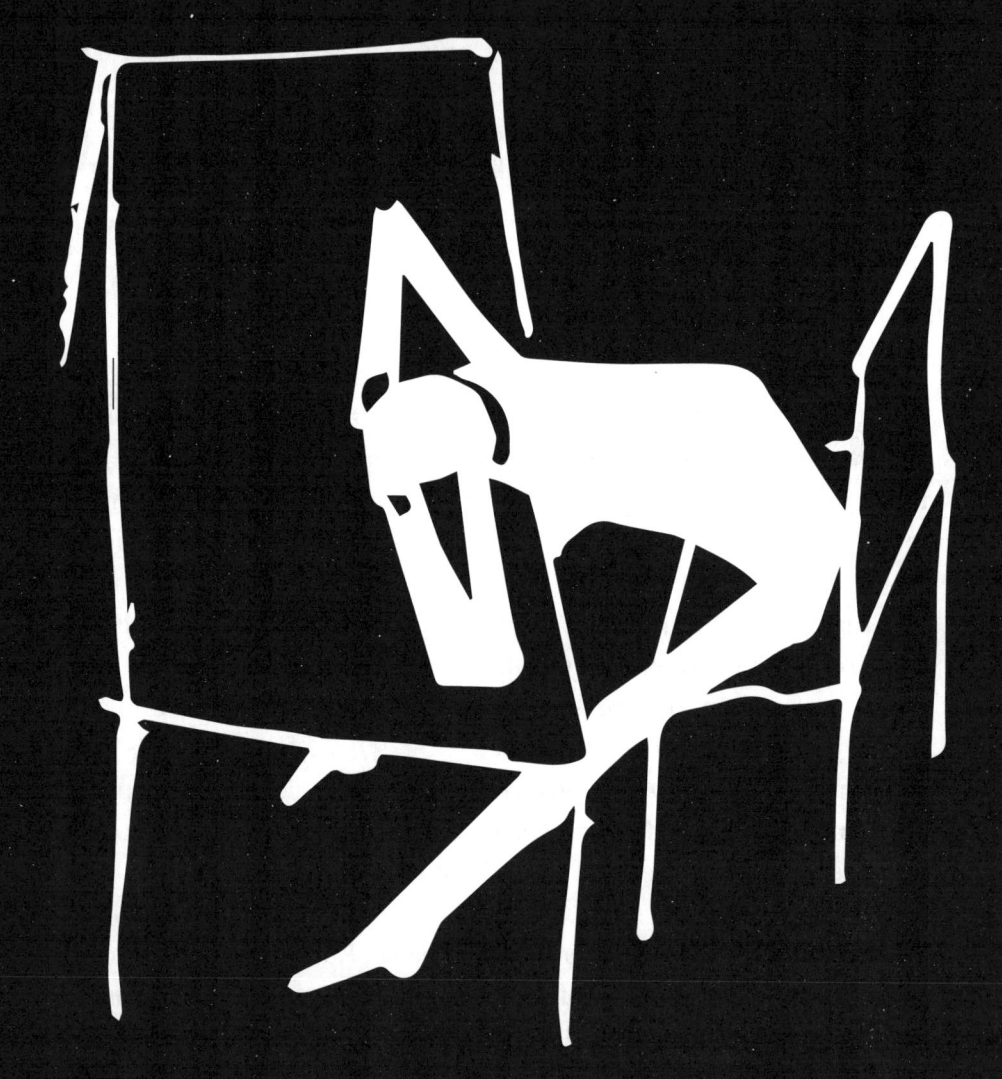

1

Ao acordar, certa manhã, de sonhos inquietos, Gregor Samsa se deu conta de que havia se metamorfoseado num gigantesco inseto. Estava deitado na cama, sobre as costas, que eram tão duras que pareciam uma armadura de metal e, ao levantar um pouco a cabeça, visualizou a barriga marrom e arredondada, dividida em arcos rígidos, sobre a qual a coberta não conseguia permanecer, estando a ponto de escorregar e cair a qualquer momento. Possuía inúmeras pernas, que eram desproporcionalmente finas em relação ao resto do corpo e elas se agitavam desesperadamente diante de seus olhos.

– Que me aconteceu? – pensou. Não era um sonho. Seu quarto era comum, apenas bastante modesto. E ali estava, como de costume, entre as quatro paredes que ele conhecia muito bem. Em cima da mesa, estavam em total desordem uma série de amostras de tecidos, pois Gregor era caixeiro-viajante.

Na parede estava pendurada a fotografia que recentemente recortara de uma revista ilustrada e colocara numa linda moldura dourada. Mostrava uma senhora, de chapéu e estola de peles, rigidamente sentada, estendendo uma enorme manta de peles que ocultava todo o antebraço.

Gregor desviou o olhar para a janela e deu com o céu nublado. Escutou o som dos pingos de chuva batendo na calha da janela e isso o deixou bastante melancólico. Não seria melhor dormir um pouco e esquecer todo este delírio? – pensou. Mas era impossível, pois estava habituado a dormir virado para o lado direito e não conseguia, pois no estado atual não podia se virar. Por mais que se esforçasse para inclinar o corpo para a direita, tornava sempre a virar, ficando de costas. Tentou, pelo menos, umas cem vezes, fechando os olhos, para evitar ver as pernas se debatendo. Só desistiu quando começou a sentir no flanco uma leve dor entorpecida que nunca antes experimentara.

– Ai, meu Deus, que trabalho cansativo escolhi! – pensou. Viajar, dia sim, dia não. É um trabalho muito mais irritante do que o trabalho do escritório propriamente dito, e ainda por cima há o desconforto de estar sempre preocupado com as ligações dos trens, com a cama e com as refeições irregulares e convívios casuais, que são sempre novos e nunca se tornam amigos íntimos. Diabos levem tudo isto!

Gregor sentiu uma leve coceira na barriga. Arrastou-se lentamente sobre as costas, mais para cima na cama, para que conseguisse mexer facilmente a cabeça, e descobriu o local que coçava. Estava rodeado de uma série de pequenas manchas brancas cuja natureza não compreendeu no momento, e fez menção de tocar lá com uma perna, mas imediatamente a retirou, pois, ao seu contato, sentiu-se percorrido por um arrepio gelado.

Escorregou e voltou para a posição inicial. Isto de acordar muito cedo – pensou – deixa a pessoa abobada. Um homem necessita de sono. Há outros comerciantes que vivem como mulheres de harém. Por exemplo, quando volto para o hotel, de manhã, para anotar as encomendas que tenho, esses se limitam a sentar à mesa para o café da manhã. Se eu tentasse fazer isso com o patrão que tenho, seria logo demitido. De qualquer maneira, era capaz de ser até bom para mim. Quem sabe? Se não tivesse de me aguentar, por causa dos meus pais, há muito tempo que teria pedido demissão. Falaria ao patrão exatamente o que penso dele. Ele iria cair de sua cadeira! É esquisito esse hábito dele, de sentar sempre em um plano elevado e falar de cima para baixo com os empregados, principalmente porque eles têm de se aproximar bastante, porque o patrão é meio surdo. Bem, ainda há uma esperança. Depois de ter economizado o suficiente para pagar o que os meus pais devem ao patrão— o que deve levar outros cinco ou seis anos —, farei isso, com certeza. Quando isso acontecer, vou me libertar completamente. Mas, no momento, o melhor é me levantar, porque o meu trem parte às cinco.

    Olhou para o despertador, que fazia tique-taque na cômoda. Pai do Céu! – pensou. Eram mais de seis e meia e os ponteiros moviam-se em silêncio, até passava da meia hora, quase quinze para as sete. O despertador não teria tocado? Da cama, via-se que estava corretamente regulado para quatro horas; claro que devia ter tocado. Sim, mas seria possível dormir sossegadamente no meio daquele barulho que trespassava os ouvidos? Bem, ele não tinha dormido tranquilamente. No entanto, aparentemente, se assim era, ainda devia ter escutado melhor o barulho. Mas que faria agora? O próximo trem saía às sete. Para apanhá-lo tinha de correr como um doido, as amostras ainda não estavam embrulhadas e ele não se sentia disposto. E, mesmo que apanhasse o trem, não conseguiria evitar uma advertência do chefe, visto que o porteiro da firma costumava pegar o trem das cinco e há muito teria comunicado a sua ausência. O porteiro era um instrumento do patrão, invertebrado e idiota. Bem, e se falasse que estava doente? Mas isso seria muito desagradável e pareceria suspeito porque, durante cinco anos de emprego, nunca tinha estado doente. O próprio patrão certamente iria a sua casa com o médico, repreenderia os pais pela preguiça do filho e derrubaria seu álibi, com a ajuda do médico do trabalho, que, evidentemente, considerava toda a humanidade um bando de falsos doentes perfeitamente saudáveis. Gregor sentia-se bastante bem, apenas uma sonolência que era perfeitamente supérflua depois de um tão longo sono, e sentia-se esfomeado.

À medida que tudo isto lhe passava pela mente a toda a velocidade, sem ser capaz de resolver sair da cama – o despertador acabava de indicar quinze para as sete –, ouviram-se pancadas cautelosas na porta que ficava por detrás da cabeceira da cama. Uma voz, que era a da mãe, disse:

– Gregor, são quinze para as sete. Não tem que pegar o trem?

Aquela voz suave! Gregor teve um choque ao ouvir a sua própria voz responder, sem dúvida alguma era a sua voz, mas com um horrível e persistente guincho chilreante como fundo sonoro, que apenas conservava a forma distinta das palavras no primeiro momento, após o que subia de tom, ecoando em torno delas, até distrair-lhes o sentido, de tal modo que não podia nem ter a certeza de tê-las ouvido corretamente. Gregor queria dar uma resposta longa, explicando tudo, mas, em tais circunstâncias, limitou-se a dizer:

– Sim, sim, obrigado, mãe, já vou levantar.

A porta de madeira que os separava devia ter evitado que a sua mudança de voz fosse perceptível do lado de fora, pois sua mãe contentou-se com esta afirmação, e se afastou logo. Esta breve troca de palavras tinha feito os outros membros da família notarem que Gregor estava ainda em casa, ao contrário do que esperavam, e agora o pai batia a uma das portas laterais, suavemente, embora com o punho. E chamou:

– Gregor, Gregor, o que você tem?

E, passando pouco tempo depois, tornou a chamar, com voz mais firme:

— Gregor! Gregor!

Junto da outra porta lateral, a irmã chamava, em tom baixo, quase uma lamúria:

— Gregor? Não se sente bem? Precisa de alguma coisa?

Respondeu a ambos ao mesmo tempo, com máximo esforço para que a voz soasse tão normal quanto possível:

— Estou quase pronto!

Pronunciou as palavras muito nitidamente, com grandes pausas entre elas. Assim que o pai voltou do café, a irmã sussurrou:

— Gregor, abra esta porta!

Ele não tencionava abrir a porta e sentia-se grato ao prudente hábito que adquirira em viagem de trancar as portas durante a noite, mesmo em casa.

A sua intenção imediata era levantar-se silenciosamente sem ser incomodado, vestir-se e, sobretudo, tomar o café da manhã, e só depois estudar o que mais havia a fazer, dado que na cama, bem o sabia, as suas meditações não levariam a qualquer conclusão sensata.

Lembrava-se de muitas vezes ter sentido pequenas dores enquanto deitado, provavelmente causadas por posições incômodas, que se tinham revelado puramente imaginárias ao levantar-se, e ansiava fortemente por ver as ilusões desta manhã desfazerem-se gradualmente. Não tinha a menor dúvida de que a alteração da sua voz outra coisa não era que o prenúncio de um forte resfriado, doença permanente dos caixeiros-viajantes.

Libertar-se da colcha era tarefa bastante fácil: bastava estufar um pouco o corpo e deixá-la cair por si. Mas o movimento seguinte era complicado, especialmente devido à sua largura incomum. Precisaria de braços e mãos para erguer-se. Mas em seu lugar, tinha apenas as inúmeras perninhas, que não cessavam de agitar em todas as direções e que de modo nenhum conseguia controlar. Quando tentou dobrar uma delas, foi a primeira a esticar-se, e, ao conseguir finalmente que fizesse o que ele queria, todas as outras pernas abanavam furiosamente, numa incômoda e intensa agitação. Mas de que serve ficar na cama assim sem fazer nada? – perguntou Gregor a si próprio.

Pensou que talvez conseguisse sair da cama deslocando em primeiro lugar a parte inferior do corpo, mas esta, que não tinha visto ainda e da qual não podia ter uma ideia nítida, revelou-se difícil de mover, tão lentamente se deslocava; quando, finalmente, quase enfurecido de contrariedade, reuniu todas as forças e deu um temerário impulso, tinha calculado mal a direção e embateu pesadamente na extremidade inferior da cama, revelando-lhe a dor aguda que sentiu ser provavelmente aquela, de momento, a parte mais sensível do corpo.

Visto isso, tentou extrair primeiro a parte superior, deslizando cuidadosamente a cabeça para a borda da cama. Descobriu ser fácil e, apesar da sua largura e volume, o corpo acabou por acompanhar lentamente o movimento da cabeça. Ao conseguir, por fim, mover a cabeça até a borda da cama, sentiu-se demasiado assustado para prosseguir o avanço, dado que, no fim de contas caso se deixasse cair naquela posição, só um milagre o salvaria de traumatizar a cabeça. E, custasse o que custasse, não podia perder os sentidos nessa hora, precisamente neste momento, era melhor ficar na cama.

Quando, após repetir os mesmos esforços, ficou novamente deitado na posição original, suspirando, e viu as pequenas pernas se chocarem entre si mais violentamente do que nunca, se possível, não divisando o processo de introduzir qualquer ordem naquela arbitrária confusão, repetiu a si próprio que era impossível ficar na cama e que o mais sensato era arriscar tudo pela menor esperança de libertar-se dela. Ao mesmo tempo, não esquecia de recordar a si mesmo que era muito melhor a reflexão fria, a mais fria possível, do que qualquer resolução desesperada. Nessas alturas, tentava focar a vista tão distintamente quanto podia na janela, mas, infelizmente, a perspectiva da neblina matinal, que ocultava mesmo o outro lado da rua estreita, pouco alívio e coragem lhe trazia. Sete horas, disse, para si mesmo, quando o despertador voltou a bater, sete horas, e um nevoeiro tão denso, por momentos, deixou-se ficar quieto, respirando suavemente, como se porventura esperasse que um repouso tão completo devolvesse todas as coisas à sua situação real e vulgar. A seguir, disse a si mesmo: Antes de baterem as sete e quinze, tenho que estar fora desta cama. De qualquer maneira, a essa hora já terá vindo alguém do escritório perguntar por mim, visto que abre antes das sete horas. E pôs-se a chacoalhar todo o corpo ao mesmo tempo, num ritmo regular, com o objetivo de rebocá-lo para fora da cama.

Se por acaso se desequilibrasse naquela posição, podia proteger a cabeça de qualquer pancada erguendo-a num ângulo agudo ao cair. O dorso parecia ser duro e não era provável que se ressentisse de uma queda no tapete. A sua preocupação era o barulho da queda, que não poderia evitar, o qual, provavelmente, causaria ansiedade, ou mesmo terror, do outro lado e em todas as portas. Mesmo assim, devia correr o risco.

Quando estava quase fora da cama – o novo processo era mais um jogo que um esforço, dado que apenas precisava rebolar, se jogando para um lado e para outro –, pensou como seria fácil se conseguisse ajuda. Duas pessoas fortes – pensou no pai e na diarista

– seriam bem suficientes. Só teriam que enfiar os braços por baixo do dorso convexo, levantá-lo para fora da cama, se abaixarem com o fardo e em seguida ter a paciência de colocá-lo direito no chão, onde era de esperar que as pernas encontrassem então a função própria. Diante do fato de todas as portas estarem trancadas, deveria mesmo pedir ajuda? A despeito da sua infelicidade não podia deixar de sorrir ante a simples ideia de tentar.

Tinha chegado tão longe que mal podia manter o equilíbrio quando se sacudia com força e em breve teria de encher-se de coragem para a decisão final, visto que daí a cinco minutos seriam sete e quinze... Logo soou a campainha da porta.

– É alguém do escritório – disse, com os seus botões, e ficou quase rígido, ao mesmo tempo em que as perninhas se limitavam a se agitar ainda mais depressa. Por instantes, tudo ficou silencioso.

– Não vão abrir a porta – disse Gregor para si mesmo, agarrando-se a qualquer esperança irracional. A seguir, a diarista foi até a porta, como de costume, com o seu andar pesado e abriu-a. Gregor apenas precisou ouvir o primeiro bom dia do visitante para imediatamente saber quem era: o gerente do escritório em pessoa. Que sina, estar condenado a trabalhar numa firma em que a menor omissão dava imediatamente asa à maior das suspeitas! Dava a impressão de que todos os empregados, em bloco, não passavam de malandros, que não havia entre eles um único homem devotado e leal que, tendo, em uma manhã, perdido uma hora de trabalho na firma ou coisa parecida, fosse tão atormentado pela consciência que perdesse a cabeça e ficasse realmente incapaz de levantar-se da cama? Não teria bastado mandar um estagiário perguntar – se era realmente necessária qualquer pergunta –, teria que vir o próprio gerente do escritório, passando assim a conhecer toda a família, uma família inocente, que esta circunstância suspeita não podia ser investigada por ninguém menos versado nos negócios que ele próprio? E, mais pela agitação provocada por tais reflexões do que por qualquer desejo, Gregor rebolou com toda a força para fora da cama. Houve um baque sonoro, mas não propriamente um estrondo. A queda foi, até certo ponto, amortecida pelo tapete; também o dorso era menos duro do que ele pensava, de modo que foi apenas um baque surdo, nem por isso muito alarmante. Simplesmente, não tinha erguido a cabeça com cuidado suficiente e batera com ela; virou-a e esfregou-a no tapete, de dor e irritação.

– Alguma coisa caiu ali dentro – disse o gerente do escritório na sala contígua do lado esquerdo. Gregor tentou supor no seu íntimo que um dia poderia acontecer ao gerente do escritório qualquer coisa como a que hoje lhe acontecera a ele; ninguém podia negar que era possível. Como em brusca resposta a esta suposição, o gerente deu alguns passos firmes na sala ao lado, fazendo ranger as botas de couro envernizado. A irmã, que estava no cômodo da direita, sussurrava, informando:

– Gregor, o seu chefe está aqui.

– Eu sei, murmurou Gregor consigo mesmo. Mas não ousou erguer a voz o suficiente para a irmã o ouvir.

– Gregor – disse então o pai, do cômodo da esquerda –, o gerente do escritório está aqui e quer saber por que é que não pegou o primeiro trem. Não sabemos o que dizer para ele. Além disso, ele quer falar com você pessoalmente. Abre essa porta, por favor. Com certeza não vai reparar na desarrumação do quarto.

– Bom dia, senhor Samsa! –, saudava agora amistosamente o gerente do escritório.

– Ele não está bem – disse a mãe ao visitante, ao mesmo tempo em que o pai falava ainda através da porta –, ele não está bem, senhor, pode acreditar. Se assim não fosse, ele alguma vez ia perder um trem? O rapaz não pensa senão no emprego. Quase me zango com a mania que ele tem de nunca sair à noite. Há oito dias que está em casa e não houve uma única noite que não ficasse em casa. Senta-se ali à mesa, muito sossegado, a ler o jornal ou a consultar horários de trens. O único divertimento dele é talhar madeira. Passou duas ou três noites cortando uma moldurazinha de madeira. O senhor ficaria admirado se visse como ela é bonita. Está pendurada no quarto dele. Num instante vai vê-la, assim que o Gregor abrir a porta. Devo dizer que estou muito satisfeita por o senhor ter vindo. Sozinhos, nunca conseguiríamos que ele abrisse a porta. É tão teimoso... E tenho a certeza de que ele não está bem, embora ele não reconhecesse isso esta manhã.

– Já vou – disse Gregor, lenta e cuidadosamente, não se mexendo um centímetro, com receio de perder uma só palavra da conversa.

– Não imagino qualquer outra explicação, minha senhora – disse o gerente. – Espero que não seja nada de grave. Embora, por outro lado, deva dizer que nós, homens de negócios, feliz ou infelizmente, temos muitas vezes de ignorar, pura e simplesmente, qualquer ligeira indisposição, visto que é preciso cuidar do negócio.

– Bem, o seu chefe pode entrar? – perguntou impacientemente o pai de Gregor, batendo à porta.

– Não – disse Gregor. No cômodo da esquerda seguiu-se um doloroso silêncio a esta recusa, enquanto no compartimento da direita a irmã começava a soluçar.

Por que a irmã não se juntava aos outros? Provavelmente tinha levantado da cama há pouco tempo e ainda nem começara a se vestir. Por que ela chorava? Por ele não se levantava e não abria a porta ao gerente do escritório, por ele estar em perigo de perder o emprego e porque o patrão havia de começar outra vez atrás dos pais para eles pagarem as velhas dívidas? Eram, evidentemente, coisas com as quais, nesse instante, ninguém tinha que se preocupar. Gregor estava ainda em casa e nem por sombras pensava abandonar a família. É certo que, no momento, estava deitado no tapete e ninguém conhecedor da sua situação poderia seriamente esperar que abrisse a porta ao gerente do escritório. Mas, por tão pequena falta de cortesia, que poderia ser plausivelmente explicada mais tarde, Gregor não iria por certo ser despedido sem mais nem menos. E parecia-lhe que seria muito mais sensato o deixarem em paz por ora do que atormentá-lo com lágrimas e súplicas. É claro que a incerteza e a desorientação deles justificavam aquele comportamento.

– Senhor Samsa – clamou então o gerente do escritório, em voz mais alta –, que se passa com o senhor? Fica aí enclausurado no quarto, respondendo só sim ou não, provocando uma série de preocupações desnecessárias aos seus pais e – diga-se de passagem – a negligenciar as suas obrigações profissionais de uma maneira incrível! Estou falando em nome dos seus pais e do seu patrão e peço-lhe muito a sério uma explicação precisa e imediata. O senhor me espanta. Julgava que o senhor fosse uma pessoa sossegada, em quem se podia ter confiança, e de repente parece disposto a fazer uma cena vergonhosa. Realmente, o patrão sugeriu-me esta manhã uma explicação possível para o seu desaparecimento – relacionada com o dinheiro dos pagamentos que recentemente lhe foi confiado – mas eu quase dei a minha solene palavra de honra de que não podia ser isso.

– Agora, que vejo como o senhor é terrivelmente obstinado, não tenho o menor desejo de tomar a sua defesa. E a sua posição na firma não é assim tão segura. Vim com a intenção de dizer-lhe isto em particular, mas, visto que o senhor está tomando tão desnecessariamente o meu tempo, não vejo razão para que os seus pais não ouçam igualmente. Desde há algum tempo que o seu trabalho deixa muito a desejar; esta época do ano não é ideal para o comércio, claro, admitamos isso, mas, uma época do ano para não fazer absolutamente nenhum contrato, essa não existe, Senhor Samsa, não pode existir.

– Mas, senhor – gritou Gregor, fora de si e, na sua agitação, esquecendo todo o resto –, vou abrir a porta agora mesmo. Tive uma ligeira indisposição, um ataque de tonturas, que não me permitiu levantar-me. Ainda estou na cama. Mas me sinto bem outra vez. Estou me levantando agora. Dê-me só mais um minuto ou dois! Não estou, realmente, tão bem como pensava. Mas estou bem, palavra. Como uma coisa destas pode repentinamente colocar uma pessoa abaixo. Ainda ontem à noite estava perfeitamente bem, os meus pais que o digam; ou, antes, de fato, tive um leve pressentimento. Deve ter mostrado indícios disso. Por que eu não o comuniquei no escritório? A gente pensa sempre que uma indisposição há de passar sem ficar em casa. Olha, senhor, poupe os meus pais! Tudo aquilo por que me repreende não tem qualquer fundamento; nunca ninguém me disse uma palavra sobre isso. Talvez o senhor não tenha visto as últimas encomendas que mandei. De qualquer maneira, ainda posso apanhar o trem das oito; estou muito melhor depois deste descanso de algumas horas. Não se prenda por mim, senhor; daqui a pouco vou para o escritório e hei de estar suficientemente bom para dizer ao patrão e apresentar-lhe desculpas!

Ao mesmo tempo em que tudo isto lhe saía tão desordenadamente aos borbotões, Gregor mal sabia o que estava dizendo, havia chegado facilmente à cômoda, talvez devido à prática que tinha tido na cama, e tentava agora erguer-se em pé, se apoiando nela. Tencionava realmente abrir a porta, mostrar-se inteiramente e falar com o gerente do escritório; estava ansioso por saber, depois de todas as insistências, o que diriam os outros ao vê-lo à sua frente. Se ficassem horrorizados, a responsabilidade já não era dele e podia ficar quieto. Mas, se o aceitassem calmamente, também não teria razão para preocupar-se, e podia realmente chegar à estação a tempo de apanhar o trem das oito, se andasse depressa. A princípio escorregou algumas vezes pela superfície envernizada da cômoda, mas, aos poucos, com uma última elevação, pôs-se de pé; embora o atormentassem, deixou de dar importância às dores na parte inferior do corpo. Depois deixou-se cair contra as costas de uma cadeira próxima e se agarrou às suas bordas com as pequenas pernas. Isto devolveu-lhe o controle sobre si mesmo e parou de falar, porque agora podia prestar atenção ao que o gerente do escritório estava dizendo.

– Compreenderam uma única palavra? – perguntava o gerente do escritório. – Acho que está nos fazendo de bobos!

– Oh, meu Deus! – exclamou a mãe, em lágrimas –, talvez ele esteja terrivelmente doente e o atormentamos. Grete! Grete! – chamou a seguir.

– Sim, mãe? – respondeu a irmã do outro lado. Chamavam uma pela outra através do quarto de Gregor.

– Precisa ir imediatamente chamar o médico. O Gregor está doente. Vai chamar o médico, depressa. Ouviu como ele estava falando?

– Aquilo não era voz humana – disse o gerente do escritório, numa voz perceptivelmente baixa ao lado da estridência da mãe.

– Ana! Ana! – chamava o pai, através da parede para a cozinha, batendo as palmas –, chama imediatamente um chaveiro!

E as mulheres corriam pelo corredor, com um farfalhar de saias – como podia a irmã ter se vestido tão depressa? –, e abriam a porta da rua escancaradamente. Não se ouviu o som da porta a ser fechada a seguir; tinham-na deixado, completamente aberta, como se faz em casas onde aconteceu uma grande desgraça.

Mas Gregor estava agora muito mais calmo. As palavras que pronunciava já não eram inteligíveis, aparentemente, embora a ele lhe parecessem nítidas, mais nítidas até mesmo que antes, talvez porque o ouvido se tivesse acostumado ao som delas. Fosse como fosse, as pessoas julgavam agora que ele estava mal e estavam prontas a ajudá-lo. A certeza com que estas primeiras medidas tinham sido tomadas confortou-o. Sentia-se uma vez mais impelido para o círculo humano e confiava em grandes e notáveis resultados, quer do médico, quer do chaveiro, sem, na verdade, conseguir fazer uma distinção clara entre eles. No intuito de tornar a voz tão clara quanto possível para a conversa que estava agora iminente, tossiu um pouco, o mais silenciosamente que pôde, claro, uma vez que também o ruído podia não soar como o da tosse humana, tanto quanto podia imaginar. Entrementes, no cômodo contíguo havia completo silêncio. Talvez os pais estivessem sentados à mesa com o gerente do escritório, a segredar, ou talvez se encontrassem todos encostados à porta, à escuta.

Lentamente, Gregor empurrou a cadeira em direção à porta, depois largou, agarrou-se à porta para se amparar apoiando as extremidades das pequenas pernas que eram levemente pegajosas. Descansou, apoiado contra ela por um momento, depois destes esforços. A seguir empenhou-se em rodar a chave na fechadura, utilizando a boca. Infelizmente, parecia que não possuía quaisquer dentes. Como poderia segurar a chave? Mas, por outro lado, as mandíbulas eram indiscutivelmente bem fortes. Com a sua ajuda, conseguiu pôr a chave em movimento, sem prestar atenção ao fato de estar se machucando em algum lugar, visto que lhe saía da boca um fluido castanho, que escorria pela chave e pingava no chão.

– Ouçam só – disse o gerente do escritório no cômodo ao lado – está dando volta na chave. Isto foi um grande encorajamento para Gregor. Mas todos deviam tê-lo animado com gritos de encorajamento, o pai e a mãe também. Não, Gregor, deviam todos ter gritado: "Continua, agarre bem essa chave!"

E, acreditando que todos seguiam atentamente os seus esforços, cerrou imprudentemente as mandíbulas na chave com todas as forças de que dispunha. À medida que a rotação da chave progredia, ele girava a fechadura, segurando-se agora só com a boca, empurrando a chave, ou puxando-a para baixo com todo o peso do corpo, conforme era necessário. O estalido mais sonoro da fechadura, finalmente a ceder, apressou literalmente Gregor. Com um fundo suspiro de alívio, disse, para si mesmo: "Afinal, não precisei do chaveiro", e encostou a cabeça ao puxador, para abrir completamente a porta.

Como tinha de puxar a porta para seu lado, continuou escondido, mesmo quando a porta ficou escancarada. Teve de deslizar lentamente para contornar a entrada mais próxima da porta dupla, manobra que lhe exigiu grande cuidado, não fosse cair em cheio de costas, mesmo ali no batente. Estava ainda empenhado nesta operação, sem ter tempo para observar qualquer outra coisa, quando ouviu o gerente do escritório soltar um agudo "Oh!", que mais parecia um rugido do vento. Foi então que o viu, de pé junto da porta, com uma mão trêmula tapando a boca aberta e recuando, como se impelido por qualquer súbita força invisível. A mãe, que apesar da presença do gerente do escritório tinha o cabelo ainda em desalinho, espetado em todas as direções, começou por retorcer as mãos e olhar para o pai, deu dois passos em direção a Gregor e tombou no chão, no meio das saias, que se espalharam, com o rosto escondido no peito. O pai cerrou os punhos com um ar cruel, como se quisesse obrigar Gregor a voltar para o quarto com um murro. Depois, olhou perplexo em torno da sala de estar, cobriu os olhos com as mãos e desatou a chorar, a ponto de sacudir o peito forte em soluços.

Gregor não entrou na sala, mantendo-se encostado à parte interna da porta, que estava fechada, deixando apenas metade do corpo à vista, a cabeça tombada para um e outro lado, para conseguir ver os demais. Entretanto, a manhã tornara-se mais límpida. Do outro lado da rua, podia avistar nitidamente uma parte do edifício cinzento escuro, infinitamente alto, que era um hospital, abruptamente entrecortado por uma fila de janelas iguais. Chovia ainda, mas eram apenas grandes pingos bem visíveis que caíam literalmente um a um. Sobre a mesa espalhava-se a louça do café da manhã, visto que esta era para o pai de Gregor a refeição mais importante, que prolongava durante horas percorrendo diversos jornais. Defronte ao Gregor, havia uma fotografia pendurada na parede que o mostrava fardado de tenente, no tempo em que fizera o serviço militar, a mão na espada e um sorriso despreocupado na face, que impunha respeito pelo uniforme e pelo seu porte militar. A porta de entrada estava aberta, via-se então o vestíbulo e avistava o terraço de entrada e os primeiros degraus da escada.

– Bem – disse Gregor, perfeitamente consciente de ser o único que mantinha uma certa compostura –, vou me vestir, embalar as amostras e sair. Desde que o senhor me dê licença que saia. Como vê, não sou obstinado e tenho vontade de trabalhar. A profissão de caixeiro-viajante é dura, mas não posso viver sem ela. Para onde vai o senhor? Para o escritório? Sim? Não se importa de contar lá exatamente o que aconteceu? Uma pessoa pode estar temporariamente incapacitada, mas essa é a altura indicada para recordar os seus serviços anteriores e ter em mente que mais tarde, vencida a incapacidade, a pessoa certamente trabalhará com mais diligência e concentração. Tenho uma dívida de lealdade para com o patrão, como o senhor bem sabe. Além disso, tenho de olhar pelos meus pais e pela minha irmã. Estou passando por uma situação difícil, mas acabarei vencendo. Não me torne as coisas mais complicadas do que elas já são. Eu bem sei que os caixeiros-viajantes não são muito bem vistos no escritório. As pessoas pensam que eles levam uma vida boa e ganham rios de dinheiro. Trata-se de um preconceito que nenhuma razão especial leva a reconsiderar. Mas o senhor vê as coisas profissionais de uma maneira mais compreensiva do que o resto do pessoal vê. Aqui para nós, deixe que lhe diga, de maneira mais compreensiva do que o próprio patrão, que, sendo o proprietário, facilmente se deixa influenciar contra qualquer dos empregados. E o senhor bem sabe que o caixeiro-viajante, que durante todo o ano raramente está no escritório, é muitas vezes vítima de injustiças, do azar e de queixas injustificadas, das quais normalmente nada sabe, a não ser quando regressa, exausto das suas deslocações, e só nessa altura sofre pessoalmente as suas nefastas consequências. E para elas, não consegue descobrir as causas originais. Peço-lhe, por favor, que não vá embora sem uma palavra sequer que mostre que me dá razão, pelo menos em parte!

Logo às primeiras palavras de Gregor, o gerente do escritório recuara e limitava-se a fitá-lo embasbacado, retorcendo os lábios, por cima dos ombros trêmulos. Enquanto Gregor falava, não estivera um momento quieto, procurando, sem tirar os olhos de Gregor, esgueirar-se para a porta, centímetro a centímetro, como se obedecesse a qualquer ordem secreta para abandonar a sala. Estava junto ao vestíbulo, e a maneira súbita como deu um último passo para sair da sala de estar levaria a crer que tinha posto o pé em cima duma brasa. Chegado ao vestíbulo, estendeu o braço direito para as escadas, como se qualquer poder sobrenatural ali o aguardasse para libertá-lo.

Gregor se deu conta de que, se quisesse que a sua posição na firma não corresse sérios risco não podia de modo algum permitir que o gerente do escritório saísse naquele estado de espírito. Os pais não percebiam o que estava acontecendo. Tinham se convencido, ao longo dos anos, de que Gregor estava instalado na firma para toda a vida e, além disso, estavam tão consternados com as suas preocupações imediatas que nem lhes corria pensar no futuro. Gregor, porém, pensava. Era preciso deter, acalmar, persuadir e, por fim, conquistar o gerente do escritório. O seu futuro e também o da família dependiam disso! Se, ao menos, a irmã estivesse ali!

Era inteligente; começara a chorar quando Gregor estava ainda deitado de costas na cama. E por certo o gerente do escritório, parcial como era em relação às mulheres, acabaria se deixando levar por ela. Ela teria fechado a porta de entrada e, no vestíbulo, dissiparia o horror. Mas ela não estava e Gregor teria de enfrentar sozinho a situação. E, sem refletir que não sabia ainda de que capacidade de movimentos dispunha, sem se lembrar sequer de que havia todas as possibilidades, e até todas as probabilidades, de as suas palavras serem mais uma vez ininteligíveis, afastou-se do batente da porta, deslizou pela abertura e começou a encaminhar-se para o gerente do escritório, que estava agarrado com ambas as mãos ao corrimão da escada para o terraço. De repente, ao procurar apoio, Gregor tombou, com um grito débil, por sobre as inúmeras pernas. Mas, chegado a essa posição, experimentou pela primeira vez nessa manhã uma sensação de conforto físico. Tinha as pernas em terra firme; notou que elas obedeciam completamente, conforme observou com alegria, e esforçavam-se até por impeli-lo em qualquer direção que pretendesse. Sentia-se tentado a pensar que estava ao seu alcance um alívio final para todo o sofrimento. No preciso momento em que se encontrou no chão, balançando com sofrida ânsia para mover-se, não longe da mãe, na realidade mesmo defronte dela, esta, que parecia até aí completamente aniquilada, pôs-se de pé de um salto, de braços e dedos estendidos, aos gritos:

— Socorro, por amor de Deus, socorro!

Baixou a cabeça, como se quisesse observar melhor Gregor, mas, pelo contrário, continuou a recuar em disparada e, esquecendo-se de que atrás dela estava a mesa ainda posta, sentou-se precipitadamente nela, como se tivesse perdido momentaneamente a razão, ao esbarrar contra o obstáculo imprevisto. Parecia igualmente indiferente ao fato de que a cafeteira tinha tombado e estava derramando um fio sinuoso de café no tapete.

— Mãe, mãe! — murmurou Gregor, erguendo os olhos para ela.

Nessa altura, o gerente do escritório estava já completamente doido. Gregor não resistiu ao ver o café escorrer e cerrou as mandíbulas com um estalo. Isto fez com que a mãe gritasse outra vez, afastando-se precipitadamente da mesa e se jogasse nos braços do pai, que se apressou em ampará-la. Mas agora Gregor não tinha tempo a perder com os pais. O gerente do escritório nas escadas, com o queixo apoiado no corrimão, dava uma última olhadela atrás de si. Gregor deu um salto, para ter melhor a certeza de ultrapassá-lo. O gerente devia ter adivinhado suas intenções, pois, de um salto, venceu vários degraus e desapareceu, sempre aos gritos, que ressoavam pelas escadas.

Infelizmente a fuga do gerente do escritório pareceu deixar o pai de Gregor completamente fora de si, embora até então se tivesse mantido relativamente calmo. Assim, em vez de correr atrás do homem ou de, pelo menos, não interferir na perseguição de Gregor, agarrou com a mão direita na bengala que o gerente do escritório tinha deixado numa cadeira, juntamente com um chapéu e um sobretudo, e, com a esquerda, num jornal que estava em cima da mesa e, batendo com os pés e brandindo a bengala e o jornal, tentou forçar Gregor a regressar ao quarto. De nada valeram os apelos de Gregor, que, aliás, nem sequer eram compreendidos. Por mais que baixasse humildemente a cabeça, o pai limitava-se a bater mais fortemente com os pés no chão. Por trás do pai, a mãe tinha escancarado uma janela, apesar do frio, e debruçava-se a ela segurando a cabeça com as mãos. Uma rajada de vento penetrou pelas escadas, agitando as cortinas da janela e os jornais que estavam sobre a mesa, o que fez que se espalhassem algumas páginas pelo chão. Impiedosamente, o pai de Gregor obrigava-o a recuar, assobiando e gritando como um selvagem. Mas Gregor estava pouco habituado a andar para trás, o que se revelou um processo lento. Se tivesse uma oportunidade de virar sobre si mesmo, poderia alcançar imediatamente o quarto, mas receava irritar o pai com a lentidão de tal manobra e temia que a bengala que o pai brandia na mão pudesse desferir-lhe uma pancada fatal no dorso ou na cabeça. Finalmente, reconheceu que não lhe restava alternativa, pois verificou, aterrorizado, que, ao recuar, nem sequer conseguia controlar a direção em que se deslocava, assim, sempre observando ansiosamente o pai, de soslaio, começou a virar o mais rapidamente que pôde, o que, na realidade, era muito moroso. Talvez o pai tivesse registrado as suas boas intenções, visto que não interferiu, a não ser para, de vez em quando e à distância, lhe auxiliar a manobra com a ponta da bengala. Se ao menos ele parasse com aquele insuportável assobio! Era uma coisa que estava a ponto de fazê-lo perder a cabeça. Quase havia completado a rotação quando o assobio o desorientou de tal modo que tornou a virar ligeiramente na direção errada. Quando, finalmente, viu a porta em frente da cabeça, pareceu-lhe que o corpo era demasiadamente largo para poder passar pela abertura. É claro que o pai, no estado de espírito atual, estava bem longe de pensar em qualquer coisa que se parecesse com abrir a outra folha da porta para dar espaço à passagem de Gregor. Dominava-o a ideia fixa de fazer Gregor regressar para o quarto o mais depressa possível. Não aguentaria de modo algum que Gregor se entregasse aos preparativos de erguer o corpo e talvez deslizar através da porta. Nesta altura, o pai estava porventura fazendo mais barulho que nunca para obrigá-lo a avançar, como se não houvesse obstáculo nenhum que o impedisse. Seja como for, o barulho que Gregor ouvia atrás de si não lhe soava aos ouvidos como a voz de qualquer pai. Não sendo caso para brincadeiras, Gregor lançou-se, sem se preocupar com as consequências, pela abertura da porta. Um dos lados do corpo ergueu-se e Gregor ficou entalado no batente da porta, machucando o flanco, que cobriu a porta branca de horrorosas manchas.

Não tardou em ficar completamente preso, de tal modo que, por si só, não poderia mover-se, com as pernas de um dos lados a agitarem-se tremulamente no ar e as do outro penosamente esmagadas de encontro ao soalho. Foi então que o pai lhe deu um violento empurrão, que constituiu literalmente um alívio, e Gregor voou até ao meio do quarto, sangrando abundantemente. Empurrada pela bengala, a porta fechou-se violentamente atrás de si e, por fim, fez-se o silêncio.

Gregor acordou do seu sono profundo apenas no início da noite, com a impressão de que estivera desmaiado. Ainda que nada tivesse feito, decerto teria acordado pouco mais tarde por si só, visto que se sentia suficientemente descansado e bem-dormido, mas parecia-lhe ter sido despertado por um andar cauteloso e pelo fechar da porta que dava para o vestíbulo. Os postes da rua projetavam aqui e além um reflexo pálido, no teto e na parte superior dos móveis, mas ali embaixo, no local onde se encontrava, estava escuro. Aos poucos, mexia, de modo desengonçado, as antenas, cuja utilidade começava a entender agora, e arrastou-se até a porta, para ver o que acontecera. Sentia todo o flanco esquerdo convertido numa única cicatriz, comprida e incomodamente repuxada, e tinha efetivamente de coxear sobre as duas filas de pernas. Uma delas ficara gravemente atingida pelos acontecimentos dessa manhã. Era quase um milagre ter sido afetada apenas uma, que se arrastava inútil, atrás de si.

Apenas depois de chegar à porta percebeu o que o tinha atraído para ela: o cheiro da comida. Com efeito, tinham colocado lá uma tigela de leite dentro do qual flutuavam pedacinhos de pão. Quase desatou a rir de contentamento, porque sentia ainda mais fome que de manhã, e imediatamente enfiou a cabeça no leite, quase mergulhando também os olhos. Depressa, a retirou, desanimado: além de ter dificuldade em comer, por causa do flanco esquerdo machucado, que o obrigava a ingerir a comida à força de sacudidelas, recorrendo a todo o corpo, não gostava do leite, conquanto tivesse sido a sua bebida preferida e fosse certamente essa a razão que levara a irmã a servir. Efetivamente, foi quase com repulsa que se afastou da tigela e se arrastou até o meio do quarto.

Através da brecha da porta, verificou que tinham acendido o gás na sala de estar. Naquela hora o pai costumava ler o jornal em voz alta para a mãe e eventualmente também para a irmã, mas nada se ouvia. Achou que talvez o pai tivesse recentemente perdido o hábito de ler em voz alta, hábito esse que a irmã tantas vezes mencionara em conversa e por carta. Mas por todo o lado reinava o mesmo silêncio, embora por certo estivesse alguém em casa. Que vida tranquila a minha família tem levado! – disse Gregor para si mesmo. Imóvel, a fitar a escuridão, sentiu naquele momento um grande orgulho por ter sido capaz de proporcionar aos pais e à irmã uma vida assim, numa casa tão boa. Mas que sucederia se toda a calma, conforto e satisfação acabassem em catástrofe? Tentando não se perder em pensamentos, Gregor refugiou-se no exercício físico e começou a rastejar para um lado e para o outro, ao longo do quarto.

Em determinado momento, durante o longo fim de tarde, viu as portas laterais se abrirem ligeiramente e serem novamente fechadas; mais tarde, aconteceu o mesmo com a porta do outro lado. Alguém pretendera entrar e mudara de ideia. Gregor resolveu postar-se ao pé da porta que dava para a sala de estar, decidido a persuadir qualquer visitante indeciso a entrar ou, pelo menos, a descobrir quem poderia ser. Mas esperou em vão, pois ninguém tornou a abrir a porta. De manhã cedo, quando todas as portas estavam fechadas a chave, todos queriam entrar; agora que ele tinha aberto uma porta e a outra fora aparentemente aberta durante o dia, ninguém entrava e até as chaves tinham sido transferidas para o lado de fora das portas.

A luz da sala foi apagada apenas bem mais tarde. Gregor tinha quase a certeza de que os pais e a irmã tinham ficado acordados até então, pois ouvia-os afastarem-se, caminhando nas pontas dos pés. Não era nada provável que alguém viesse visitá-lo até a manhã seguinte, de modo que tinha tempo de sobra para meditar sobre a maneira de reorganizar a sua vida. O enorme quarto vazio dentro do qual era obrigado a permanecer deitado no chão enchia-o de uma apreensão cuja causa não conseguia descobrir, pois havia cinco anos que o habitava. Meio inconscientemente, não sem uma leve sensação de vergonha, meteu-se debaixo do sofá, onde imediatamente se sentiu bem, embora ficasse com o dorso um tanto comprimido e não lhe fosse possível levantar a cabeça. Lamentou apenas que o corpo fosse largo demais para caber totalmente debaixo do sofá.

Ficou a noite inteira ali embaixo, grande parte da qual mergulhado num leve torpor, do qual a fome constantemente o despertava com um sobressalto. Preocupava-se ocasionalmente com a sua sorte e alimentava vagas esperanças, que levavam todas à mesma conclusão: devia deixar-se estar e, usando de paciência e do mais profundo respeito, auxiliar a família a suportar os incômodos que estava destinado a causar nas condições atuais.

De manhã bem cedo, Gregor teve oportunidade de colocar à prova o valor das suas recentes resoluções, no momento em que a irmã, quase totalmente vestida, abriu a porta que dava para o vestíbulo e espreitou para dentro do quarto. Não o viu imediatamente, mas ao notá-lo debaixo do sofá, exclamou:

– Afinal, tinha de estar em algum lugar, não poderia ter sumido, não é mesmo?

Ela ficou de tal modo assustada que fugiu precipitadamente, batendo com a porta. Mas teria se arrependido desse comportamento e tornou a abrir a porta, entrando nas pontas dos pés, como se estivesse de visita a um deficiente ou a um estranho. Gregor estendeu a cabeça para fora do sofá e ficou observando-a. Será que a irmã perceberia que ele deixara o leite intacto, não por falta de fome, e traria qualquer outra comida que lhe agradasse mais o paladar? Se ela não fizesse isso por iniciativa própria, Gregor preferiria morrer de fome a chamar sua atenção para o acontecimento, muito embora sentisse um irreprimível desejo de saltar do seu refúgio debaixo do sofá e se jogar aos pés dela, pedindo comida. A irmã notou imediatamente, com surpresa, que a tigela estava ainda cheia, à exceção de uma pequena porção de leite derramado em torno dela. Levantou logo a tigela, não diretamente com as mãos, é certo, mas sim com um pano, e levou-a. Gregor sentia uma enorme curiosidade de saber o que traria ela em substituição, e ficou levantando hipóteses. Não poderia de modo algum adivinhar o que a irmã, em toda a sua bondade, fez a seguir. Para descobrir do que ele gostaria, trouxe toda variedade de alimentos sobre um pedaço velho de jornal. Eram hortaliças velhas e meio podres, ossos do jantar da noite anterior, cobertos de um molho branco solidificado, uvas e amêndoas, um pedaço de queijo que Gregor dois dias antes teria considerado intragável, um naco de pão duro, um pão com manteiga sem sal e outro com manteiga salgada. Além disso, tornou a pôr no chão a mesma tigela, dentro da qual deixou água, e que pelo jeito ficaria reservada para seu exclusivo uso. Depois, cheia de tato, percebendo que Gregor não comeria na sua presença, afastou-se rapidamente e girou a chave, dando-lhe a entender que podia ficar completamente à vontade. Todas as pernas de Gregor se precipitaram em direção à comida. As feridas deviam estar completamente curadas, além de tudo, porque não sentia qualquer incapacidade, o que o espantou e o fez lembrar de que havia mais de um mês tinha feito um golpe num dedo com uma faca e ainda dois dias antes lhe doía a ferida. "Estarei agora menos sensível?" – Pensou, ao mesmo tempo em que sugava vorazmente o queijo, que, de toda a comida, era a que mais forte e imediatamente o atraía. Pedaço a pedaço, com lágrimas de satisfação nos olhos, devorou rapidamente o queijo, as hortaliças e o molho. Por outro lado, a comida fresca não tinha atrativos. Não podia sequer suportar o cheiro, que o obrigava até a arrastar para uma certa distância os pedaços que era capaz de comer. Tinha acabado de comer havia bastante tempo e estava apenas preguiçosamente quieto no mesmo local, quando a irmã rodou lentamente a chave como que a fazer-lhe sinal para se retirar. Isto fez com que ele se levantasse de repente, embora estivesse quase adormecido, e se precipitasse novamente para debaixo do sofá. Foi preciso uma considerável dose de autodomínio para permanecer ali debaixo, já que a pesada refeição tinha feito inchar um tanto o corpo e estava tão comprido que mal podia respirar. Atacado de pequenos surtos de sufocação, sentia os olhos saírem um bocado para fora da cabeça ao observar a irmã, que de nada suspeitava, varrendo não apenas os restos do que comera, mas também as coisas em que não tocara, como se não servissem para ninguém, e colocando apressadamente, com a pá, num balde, que cobriu com uma tampa de madeira e retirou do quarto. Mal a irmã virou as costas, Gregor saiu de baixo do sofá, dilatando e esticando o corpo.

Assim era Gregor alimentado, uma vez de manhã cedo, enquanto os pais e a diarista estavam ainda dormindo, e outra vez depois de terem todos almoçado, pois os pais faziam uma curta sesta e a irmã podia mandar a diarista fazer um ou outro trabalho externo. Não que eles desejassem que ele morresse de fome, claro está, mas talvez porque não pudessem suportar saber mais sobre as suas refeições do que aquilo que sabiam pela boca da irmã, e talvez ainda porque a irmã os quisesse poupar de todas as preocupações, por menores que fossem, visto que eles tinham de suportar mais do que suficiente. Uma coisa que Gregor nunca pôde descobrir foi que pretexto tinha sido utilizado para se livrarem do médico e do serralheiro na primeira manhã, já que, como ninguém compreendia o que ele dizia, nunca lhes passara pela cabeça, nem sequer à irmã, que ele pudesse entendê-los. Assim, sempre que a irmã ia ao seu quarto, Gregor contentava-se em ouvi-la soltar um ou outro suspiro ou exprimir uma ou outra invocação aos seus santos. Mais tarde, quando se acostumou um pouco mais à situação – é claro que nunca poderia acostumar-se inteiramente –, fazia por vezes uma observação que revelava uma certa simpatia, ou que como tal podia ser interpretada.

"Bom, hoje ele gostou do jantar!" – dizia quando Gregor tinha consumido boa parte da comida; quando ele não comia, o que ia acontecendo com frequência cada vez maior, dizia, quase com tristeza: "Hoje tornou a deixar tudo". Embora não pudesse manter-se diretamente a par do que ia acontecendo, Gregor apanhava muitas conversas nas salas contíguas e, assim que elas se tornavam audíveis, corria para a porta em questão, colando-se todo a ela. Durante os primeiros dias, especialmente, não havia conversa alguma que não se referisse de certo modo a ele, mesmo que indiretamente. Durante dois dias houve deliberações familiares sobre o que devia fazer, mas o assunto era igualmente discutido fora das refeições, já que sempre ficavam, pelo menos, dois membros da família em casa: ninguém queria ficar lá sozinho e deixá-la sem ninguém estava inteiramente fora de questão. Logo nos primeiros dias, a diarista, cujo verdadeiro conhecimento da situação não era para Gregor perfeitamente claro, caíra de joelhos diante da mãe, suplicando-lhe que a dispensasse. Quando saiu, quinze minutos mais tarde, agradeceu de lágrimas nos olhos o favor de ter sido dispensada, como se fosse a maior graça que pudesse ser-lhe concedida e, sem que ninguém lhe pedisse, prestou um solene juramento de que nunca contaria a ninguém o que se passara.

Agora a irmã era também obrigada a cozinhar para ajudar a mãe. É certo que não era muito trabalho, pois pouco se comia naquela casa. Gregor ouvia constantemente um dos membros da família a insistir com outro para que comesse e a receber invariavelmente a resposta: "Não, muito obrigado, estou satisfeito", ou coisa semelhante. Talvez não bebessem, sequer. Muitas vezes a irmã perguntava ao pai se não queria cerveja e oferecia-se amavelmente para ir comprar. Se ele não respondia, dava a entender que podia pedir a um funcionário do prédio que fosse buscá-la, para que ele não se sentisse em dívida, mas nessa altura o pai retorquia com um rotundo "Não!" e ficava o assunto encerrado.

Logo no primeiro dia, o pai explicara a situação financeira e as perspectivas da família para mãe e a irmã. De quando em quando, erguia-se da cadeira para buscar qualquer recibo ou apontamento em um pequeno cofre que tinha conseguido salvar do colapso financeiro em que mergulhara cinco anos atrás. Ouvia-se abrir a complicada fechadura e a remexer em papéis, depois a fechá-la novamente. Tais informações do pai foram as primeiras notícias agradáveis que Gregor teve desde o início do cativeiro. Sempre julgara que o pai tinha perdido tudo, ou, pelo menos, o pai nunca dissera nada em contrário e é evidente que Gregor nunca lhe perguntara diretamente. Na altura em que a ruína tinha desabado sobre o pai, o único desejo de Gregor era fazer tudo que era possível para que a família se esquecesse com a maior rapidez de tal catástrofe, que mergulhara todos no mais completo desespero. Assim, começara a trabalhar com invulgar ardor e, quase de um dia para outro, passou de simples empregado de escritório a caixeiro-viajante, com oportunidades de ganhar boas comissões, sucesso esse que depressa se converteu em dinheiro vivo que depositava na mesa, ante a surpresa e a alegria da família. Tinha sido uma época feliz, que nunca viria a ser igualada, embora mais tarde Gregor ganhasse o suficiente para sustentar inteiramente a casa. Tinham-se, pura e simplesmente, habituado ao acontecimento, tanto a família como ele próprio: ele dava o dinheiro de boa vontade e eles aceitavam com gratidão, mas não havia qualquer efusão de sentimentos. Só com a irmã mantivera uma certa intimidade, alimentando a secreta esperança de poder mandá-la para o conservatório no ano seguinte, apesar das grandes despesas que isso acarretaria, às quais de qualquer maneira haveria de fazer face, já que ela, ao contrário de Gregor, gostava de música e tocava violino de tal modo que comovia quantos a ouviam. Durante os breves dias que passava em casa, falava muitas vezes do conservatório nas conversas com a irmã, mas apenas como um belo sonho irrealizável. Quanto aos pais, procuravam até evitar essas inocentes referências à questão. Gregor tomara a firme decisão de levar a ideia avante e tencionava anunciar solenemente o acontecimento no dia de Natal. Essas eram as ideias – completamente fúteis, na sua atual situação – que lhe povoavam a mente enquanto se mantinha ereto, encostado à porta, à escuta. Por vezes, o cansaço obrigava-o a interrompê-la, limitando-se então a encostar a cabeça à porta, mas imediatamente obrigado a endireitar-se de novo, pois até o leve ruído que fazia ao mexer a cabeça era audível na sala ao lado e fazia parar todas as conversas. Que estará ele fazendo agora? – perguntou o pai decorridos alguns instantes, virando-se decerto para a porta. Só então retomava gradualmente a conversa antes interrompida.

Dado que o pai se tornava repetitivo nas explicações – por um lado, porque há muito não se encarregava de tais assuntos; por outro, graças à circunstância de a mãe nem sempre perceber tudo de imediato –, Gregor ficou sabendo que um certo número de investimentos, poucos, é certo, tinham escapado à ruína e tinham até aumentado ligeiramente, pois, entretanto, ninguém tocara nos dividendos. Além disso, nem todo o dinheiro dos ordenados mensais de Gregor – de que guardava para si apenas uma pequena parte – tinha sido gasto, o que originara economias que constituíam um pequeno capital. Do outro lado da porta, Gregor acenava ansiosamente com a cabeça, satisfeito perante aquela demonstração de inesperado espírito de poupança e previsão. A verdade é que, com aquele dinheiro suplementar, podia ter pago uma porção maior da dívida do pai ao patrão, apressando assim o dia em que poderia deixar o emprego, mas sem dúvida o pai fizera muito melhor assim.

Apesar de tudo, aquele capital não era de modo nenhum suficiente para que a família vivesse dos juros. Talvez o pudessem sobreviver durante um ano ou dois, quando muito. Era, pura e simplesmente, uma quantia que urgia reservar para qualquer emergência. Quanto ao dinheiro para cobrir as despesas normais, havia de ganhá-lo. O pai era ainda saudável, mas estava velho e não trabalhava havia cinco anos, pelo que não era de esperar que fizesse grande coisa. Ao longo desses cinco anos, os primeiros anos de ócio após uma vida de trabalho, ainda que malsucedido, tinha engordado e tornara-se um tanto lento. Quanto à velha mãe, como poderia ganhar a vida com aquela asma, que até o simples andar agravava, obrigando-a muitas vezes a deixar-se cair num sofá, a arquejar junto de uma janela aberta? E seria então justo encarregar do sustento da casa a irmã, ainda uma criança com os seus dezessete anos e cuja vida tinha até aí sido tão agradável e se resumia a vestir-se bem, dormir bastante tempo, ajudar a cuidar da casa, ir de vez em quando a diversões modestas e, sobretudo, tocar violino? A princípio, sempre que ouvia menções à necessidade de ganhar dinheiro, Gregor afastava-se da porta e deixava-se cair no sofá gelado de couro ao lado, cheio de vergonha e desespero.

Muitas vezes ali se deixava estar durante toda a noite, sem dormir a esfregar-se no couro, durante horas a fio. Quando não, reunia a coragem necessária para se entregar ao violento esforço de empurrar uma cadeira de braços para junto da janela, subia no peitoril e, apoiando-se à cadeira, encostava nas vidraças, certamente obedecendo a qualquer reminiscência da sensação de liberdade que sempre experimentava ao ver a janela. De fato, dia após dia, até as coisas que estavam relativamente pouco afastadas se tornavam pouco nítidas. O hospital do outro lado da rua, que antigamente ele odiava por estar sempre à frente dos olhos, ficava agora para além do seu alcance visual e, se não soubesse que vivia ali, numa rua sossegada, de qualquer maneira, uma rua de cidade, bem poderia julgar que a janela dava para um terreno deserto onde o cinzento do céu e da terra se fundiam indistintamente. Esperta como era, a irmã só precisou ver duas vezes a cadeira junto da janela: a partir de então, sempre que acabava de arrumar o quarto, tornava a colocar a cadeira no mesmo lugar, e até deixava as partes internas da janela abertas.

Se ao menos pudesse falar com ela e agradecer-lhe tudo o que fazia por ele, suportaria melhor os seus cuidados. Mas naquelas condições, sentia-se deprimido. É certo que ela tentava fazer, o mais descontraidamente possível, tudo o que lhe fosse desagradável, o que, com o correr do tempo, cada vez o conseguia melhor, mas também Gregor, aos poucos, ia se conscientizando mais da situação. Bastava a maneira de ela entrar para o angustiar. Mal entrava no quarto, corria para a janela, sem sequer dar-se ao trabalho de fechar a porta atrás de si, apesar do cuidado que costumam ter em ocultar aos outros a visão de Gregor, e, como se estivesse pontos de sufocar, abria precipitadamente a janela e ali ficava a apanhar ar durante um minuto, por mais frio que fizesse, respirando profundamente. Duas vezes por dia, incomodava Gregor com a sua ruidosa precipitação, que o fazia refugiar-se, a tremer, debaixo do sofá, durante todo o tempo, ciente de que a irmã certamente o pouparia a tal incômodo se lhe fosse possível permanecer na sua presença sem abrir a janela.

Certa vez, coisa de um mês após a metamorfose de Gregor, quando já não havia por certo motivo para assustar-se com o seu aspecto, apareceu ligeiramente mais cedo do que era habitual e deu com ele a ver à janela, imóvel, numa posição em que parecia um espectro. Gregor não se surpreenderia se ela não entrasse pura e simplesmente, pois não podia abrir imediatamente a janela enquanto ele ali estivesse, mas ela não só evitou entrar como deu um salto para trás, diria que alarmada, e bateu com a porta em retirada. Um estranho que observasse a cena julgaria com certeza que Gregor a esperava para mordê-la. É claro que imediatamente se escondeu debaixo do sofá, mas ela só voltou ao meio-dia com um ar bastante perturbado do que era comum. Este acontecimento revelou a Gregor a repulsa que o seu aspecto ainda provocava à irmã e o esforço que devia custar-lhe não desatar a correr mal via a pequena porção do seu corpo que aparecia sob o sofá. Nestas condições, decidiu um dia poupá-la a tal visão e, à custa de quatro horas de trabalho, pôs um lençol pelas costas e dirigiu-se para o sofá, dispondo-o de modo a ocultar-lhe totalmente o corpo, mesmo que a irmã se abaixasse para espreitar. Se ela achasse desnecessário o lençol, decerto o tiraria do sofá, visto ser evidente que aquela forma de ocultação e confinamento em nada contribuíam para o conforto de Gregor. Neste instante, ela deixou o lençol onde estava e ele teve mesmo a impressão de surpreender-lhe um olhar de gratidão, ao levantar cuidadosamente uma ponta do lençol para ver qual a reação da irmã àquela nova disposição.

Durante as primeiras duas semanas, os pais não conseguiram reunir a coragem necessária para entrarem no quarto de Gregor, que frequentemente os ouvia elogiarem a atividade da irmã, que anteriormente costumavam repreender, por a considerarem, até certo ponto, uma inútil. Agora, era frequente esperarem ambos à porta, enquanto a irmã procedia à limpeza do quarto, perguntando-lhe logo que saía como corriam as coisas lá dentro, o que tinha Gregor comido, como se comportara desta vez e se porventura não melhorara um pouco. A mãe, essa, começou relativamente cedo a pretender visitá-lo, mas o pai e a irmã tentaram logo dissuadi-la, contrapondo argumentos que Gregor escutava atentamente, e que ela aceitou totalmente. Mais tarde, só conseguiam removê-la pela força e, quando ela gritava chorando: "Deixem-me ir ver o Gregor, o meu pobre filho! Não entendem que tenho de ir vê-lo?" Gregor pensava que talvez fosse bom que ela lá fosse, não todos os dias, claro, mas talvez uma vez por semana. No fim das contas, ela havia de compreender, muito melhor que a irmã, que não passava de uma criança, apesar dos esforços que fazia e aos quais talvez se tivesse entregado por mera consciência infantil.

O desejo que Gregor sentia de ver a mãe não tardou em ser satisfeito. Durante o dia evitava mostrar-se à janela, por consideração para com os pais, mas os poucos metros quadrados de chão de que dispunha não davam para grandes passeios, nem lhe seria possível passar toda a noite imóvel; por outro lado, perdia rapidamente todo e qualquer gosto pela comida. Para se distrair, adquirira o hábito de se arrastar ao longo das paredes e do teto. Gostava particularmente de manter-se suspenso do teto, coisa muito melhor do que estar no chão: sua respiração se tornava mais livre, o corpo oscilava e vibrava suavemente e, quase magicamente absorvido por tal suspensão, chegava a deixar-se cair ao chão. Possuindo melhor coordenação dos movimentos do corpo, nem uma queda daquela altura tinha consequências. A irmã notara imediatamente esta nova distração de Gregor, visto que ele deixava atrás de si, ao se deslocar, marcas da substância pegajosa das extremidades das pernas, e pensou em arranjar-lhe a maior porção de espaço livre possível para os passeios, retirando as peças de mobiliário que constituíssem obstáculos para o irmão, especialmente a cômoda e a escrivaninha. A tarefa era demasiado pesada para si e, se não se atrevia a pedir ajuda ao pai, estava fora de questão recorrer à diarista, uma menina de dezesseis anos que havia tido a coragem de ficar após a partida da cozinheira, visto que a moça tinha pedido o especial favor de manter a porta da cozinha fechada à chave e abri-la apenas quando expressamente a chamavam. Deste modo, só lhe restava apelar para a mãe num momento em que o pai não estivesse em casa. A mãe anuiu-se, entre exclamações de ávida satisfação, que diminuíram junto à porta do quarto de Gregor. É claro que a irmã entrou primeiro, para verificar se estava tudo em ordem antes de deixar a mãe entrar. Gregor puxou precipitadamente o lençol para baixo e dobrou-o mais, de maneira a parecer que tinha sido acidentalmente atirado para cima do sofá. Desta vez não deixou a cabeça de fora para espreitar, renunciando ao prazer de ver a mãe pela satisfação de ela ter decidido, afinal, visitá-lo.

– Entre, que ele não está visível. – disse a irmã, certamente guiando-a pela mão. Gregor ouvia agora as duas mulheres a esforçarem-se por deslocar a pesada cômoda e a irmã a chamar a si a maior parte do trabalho, sem dar ouvidos às broncas da mãe, receosa de que a filha estivesse fazendo esforços demasiados. A manobra foi demorada. Passados, pelo menos, quinze minutos de tentativas, a mãe argumentou que o melhor seria deixar a cômoda onde estava, em primeiro lugar, porque era pesada demais e nunca conseguiriam deslocá-la antes da chegada do pai e, se ficasse no meio do quarto, como estava, só dificultaria os movimentos de Gregor. Em segundo lugar, nem sequer havia a certeza de que a remoção da mobília lhe fosse útil. Tinha a impressão do contrário; a visão das paredes nuas deprimia-a, e era natural que sucedesse o mesmo a Gregor, dado que estava habituado à mobília havia muito tempo e a sua ausência poderia fazê-lo sentir-se só.

– Não é verdade – disse em voz baixa, aliás pouco mais que murmurara, durante todo o tempo, como se quisesse evitar que Gregor, cuja localização exata desconhecia, lhe reconhecesse sequer o tom de voz, pois estava convencida de que ele não compreendia as palavras –, não é verdade que, retirando-lhe a mobília, lhe mostramos não ter já qualquer esperança de que ele se cure e que o abandonamos impiedosamente à sua sorte? Acho que o melhor é deixar o quarto exatamente como sempre esteve, para que ele, quando voltar para nós, encontre tudo na mesma e esqueça com mais facilidade o que aconteceu.

Ao ouvir as palavras da mãe, Gregor concluiu que a falta de conversação direta com qualquer ser humano, durante os dois últimos meses, aliada à monotonia da vida em família, lhe deviam ter perturbado o espírito. Se não fosse isso, não teria ansiado pela retirada da mobília do quarto. Certamente quereria que o quarto acolhedor, tão confortavelmente equipado com a velha mobília da família, se transformasse numa caverna nua onde decerto poderia arrastar-se livremente em todas as direções, à custa do simultâneo abandono de qualquer reminiscência do seu passado humano? Sentia-se tão perto desse esquecimento total que só a voz da mãe, que há tanto tempo não ouvia, não lhe permitira mergulhar completamente nele. Nada devia ser retirado do quarto. Era preciso que ficasse tudo como estava, pois não podia renunciar à influência positiva da mobília, no estado de espírito em que se encontrava, e, mesmo que o mobiliário lhe perturbasse as voltas sem sentido, isso não redundava em prejuízo, mas sim em vantagem.

Infelizmente a irmã era de opinião contrária; habituara-se, e não sem motivos, a considerar-se uma autoridade em relação a Gregor, em contradição com os pais, de modo que a presente opinião da mãe era suficiente para a decidir a retirar, não só a cômoda e a escrivaninha, mas toda a mobília, à exceção do indispensável sofá. É certo que esta decisão não era consequência da simples teimosia infantil nem da autoconfiança que recentemente adquirira, tão inesperada como penosamente. Tinha, efetivamente, percebido que Gregor precisava de uma porção de espaço para rastejar e, tanto quanto lhe era dado observar, Gregor nunca usara sequer a mobília. Outro fator terá porventura sido igualmente o temperamento entusiástico de qualquer menina adolescente, que tende a manifestar-se em todas as ocasiões possíveis e que agora levava Grete a exagerar o drama da situação do irmão, a fim de poder auxiliá-lo mais ainda. Num quarto onde Gregor reinasse rodeado de paredes nuas, havia fortes probabilidades de ninguém alguma vez entrar, a não ser ela.

Assim, não se deixou persuadir pela mãe, que parecia cada vez menos à vontade no quarto, estado de espírito que só contribuía para sentir-se mais insegura. Rapidamente reduzida ao silêncio, limitou-se, pois, a ajudar a filha a retirar a cômoda, na medida do possível. Ora, sem a cômoda, Gregor podia muito bem passar, mas era melhor que conservasse a escrivaninha. Logo que as mulheres removeram a cômoda, com arquejantes arrancos, Gregor pôs a cabeça de fora, para ver como poderia intervir da maneira mais delicada e cuidadosa. Quis o destino que fosse a mãe a primeira a regressar, enquanto Grete, no quarto ao lado, tentava deslocar sozinha a cômoda, evidentemente sem sucesso. Como a mãe não estava habituada ao seu aspecto, era provável que sofresse um grande choque ao vê-lo. Receando que tal acontecesse, Gregor recuou precipitadamente para a outra extremidade do sofá, mas não conseguiu evitar que o lençol se agitasse ligeiramente. Esse movimento foi o bastante para alertar a mãe, que ficou imóvel por um instante e em seguida se refugiou junto de Grete.

Não obstante Gregor tentasse convencer-se de que nada de anormal se passava, que se tratava apenas de uma mudança de algumas peças de mobiliário, acabou por reconhecer que as idas e vindas das mulheres, os sons momentâneos que produziam e o arrastar de móveis o afetavam como se tratasse de uma indisposição que viesse de todos os lados ao mesmo tempo e, por mais que encolhesse a cabeça e as pernas e se achatasse no chão, viu-se com a certeza de que não poderia continuar a suportar tudo aquilo por muito tempo. Elas tiraram tudo do quarto, privando-o de tudo o que lhe agradava: a cômoda onde guardava a serra de recorte e as outras ferramentas tinham sido retiradas, e agora tentavam remover a escrivaninha, que quase parecia colada ao chão, onde fizera todos os deveres de casa quando frequentara a escola comercial, e, antes disso, o liceu e, até a escola primária... Não conseguia parar para analisar as boas intenções das duas mulheres, cuja existência quase tinha esquecido nessa altura, visto estarem tão exaustas que se dedicavam ao trabalho em silêncio, ouvindo-se apenas o pesado arrastar dos pés de ambas. Nestas condições, apressou-se a sair do escondcrijo, ao mesmo tempo em que as mulheres, no quarto ao lado, se apoiavam na escrivaninha, tomando fôlego. Quatro vezes mudou de direção, pois não sabia o que salvar primeiro. De repente, avistou na parede oposta, totalmente vazia, a gravura da mulher envolta em peles. Subiu rapidamente pela parede e colou-se ao vidro da moldura, que constituía uma superfície à qual o seu corpo aderia bem e que lhe refrescava agradavelmente o ventre escaldante. Pelo menos o quadro, que o corpo de Gregor ocultava totalmente, ninguém havia de retirar. Voltou a cabeça para a porta da sala de estar, a fim de poder observar as mulheres quando regressassem.

Pouco tinham descansado, visto que regressavam nesse momento, a mãe apoiada à Grete, que lhe passara o braço em torno da cintura.

– Bem, o que vamos tirar agora? – perguntou Grete, olhando em volta.

Foi então que deparou com Gregor. Manteve a compostura, provavelmente em consideração à mãe, e inclinou a cabeça para ela, a fim de evitar que levantasse a vista. Ao mesmo tempo, perguntou-lhe, em voz trêmula e descontrolada:

– Não será melhor voltarmos um instante para a cozinha?

Gregor adivinhou facilmente as intenções de Grete: queria pôr a mãe a salvo e enxotá-lo seguidamente da parede. Muito bem, ela que experimentasse! Agarraria-se ao quadro e não cederia. Preferia avançar sobre o rosto da Grete.

Mas as palavras de Grete não haviam logrado senão desassossegar a mãe, que deu um passo para o lado e encarou o enorme vulto castanho no florido papel da parede. Antes de tomar perfeita consciência de que se tratava de Gregor, gritou roucamente: "Ai, meu Deus! Ai, meu Deus!" – e desmaiou de braços abertos no sofá, não dando mais sinal de vida.

– Gregor! – gritou a irmã, fitando-o com um punho cerrado erguido na sua direção. Era a primeira vez que lhe dirigia a palavra diretamente depois da metamorfose. Correu à sala em busca de um frasco de sais para reanimar a mãe. Gregor quis igualmente ajudar, pois havia tempo para salvar o quadro, mas teve de fazer grande esforço para desgrudar do vidro. Ao conseguir, correu atrás da irmã, como se pudesse aconselhá-la, a exemplo do que costumava fazer, mas não teve outro remédio senão ficar desamparadamente atrás dela. Grete remexia por entre vários frascos e, ao virar-se, entrou em pânico ante a visão de Gregor. Um dos frascos caiu no chão e quebrou. Ao saltar, um caco cortou o focinho de Gregor, ao mesmo tempo que uma droga corrosiva lhe salpicava o corpo. Sem mais delongas, Grete catou todos os frascos que lhe era possível transportar e correu para a mãe, fechando violentamente a porta com o pé. Gregor via-se assim separado da mãe, que talvez estivesse à beira da morte, por sua culpa. Não se atrevia a abrir a porta, receando assustar Grete, que tinha de cuidar da mãe. Só lhe restava esperar. Consumido pelo remorso e cuidado, começou a andar para um lado e para o outro, subindo em tudo, paredes, mobília e teto. Finalmente, acossado pelo desespero, viu a sala girar e caiu no meio da grande mesa.

Decorridos alguns instantes, Gregor estava ainda impotentemente deitado na mesa, cercado pelo silêncio, que constituía talvez um bom sintoma. Depois soou a campainha da porta. A diarista estava certamente fechada na cozinha e Grete precisava abrir a porta. Era o pai.

– Que aconteceu? – foram as suas primeiras palavras. A expressão de Grete deve ter sido suficientemente elucidativa. Respondeu em voz abafada, aparentemente com a cabeça oculta no peito:

– A mãe teve um desmaio, mas está melhor. Foi o Gregor que escapou.

– Bem me parecia – replicou o pai. – Eu bem que avisei, mas vocês, as mulheres, nunca ligam.

Era evidente para Gregor que o pai tinha interpretado da pior maneira possível a explicação demasiado curta de Grete e imaginava Gregor culpado de qualquer ato violento. Portanto, era melhor deixar o pai se acalmar, visto que não tinha tempo nem possibilidade de dar explicações. Precipitou-se assim para a porta do quarto e comprimiu-se contra ela, para que o pai visse, ao passar no vestíbulo, que o filho tinha tido a louvável intenção de regressar imediatamente ao quarto e que, por conseguinte, não era preciso obrigá-lo a recolher-se ali, pois desapareceria num ápice, se simplesmente a porta estivesse aberta.

O pai não estava em estado de espírito que lhe permitisse delicadezas. Mal o avistou, gritou um "Ah!" muito irritado e exaltado. Gregor afastou a cabeça da porta e virou-a para o pai. Para dizer a verdade, não era o pai que imaginara; tinha de admitir que ultimamente se deixara absorver de tal modo pela diversão de caminhar pelo teto que não dava a atenção de outros tempos ao que se passava no resto da casa, embora fosse obrigação sua estar preparado para certas alterações. Mas, ao mesmo tempo, seria aquele realmente o seu pai? Seria o mesmo homem que costumava ver pesadamente deitado na cama quando partia para cada viagem? Que o cumprimentava quando ele voltava, à noite, deitado, de pijama, numa cadeira de braços? Que não se dava ao trabalho de se levantar e se limitava a levantar os braços para o saudar? Que, nas raras vezes em que saía com o resto da família, um ou dois domingos por ano, nas férias, caminhava entre Gregor e a mãe; andavam bem devagar, o pai ainda mais vagarosamente do que eles, abafado dentro do velho sobretudo, arrastando-se com o auxílio da bengala, que pousava cautelosamente em cada degrau e que, sempre que tinha alguma coisa para dizer, era obrigado a parar e a juntá-los todos à sua volta?

Agora estava ali de pé firme, vestido com uma bela farda azul de botões dourados, das que os contínuos dos bancos usam; o vigoroso duplo queixo espetava-se para fora da dura gola alta do casaco e, sob as espessas sobrancelhas, brilhavam-lhe os olhos pretos, vívidos e penetrantes. Os cabelos brancos outrora emaranhados dividiam--se agora, bem lisos, para um e outro lado de uma risca ao meio, impecavelmente traçada. Lançou vigorosamente o boné, que tinha bordado o logotipo de um banco qualquer, para cima de um sofá, no outro extremo da sala e, com as largas abas do casaco jogadas para trás, avançou ameaçadoramente para Gregor. Provavelmente, nem ele mesmo sabia o que ia fazer, mas, fosse como fosse, ergueu o pé a uma altura pouco natural, aterrorizando Gregor ante o tamanho descomunal das solas dos sapatos. Mas Gregor não podia arriscar--se a enfrentá-lo, pois desde o primeiro dia da sua nova vida tinha notado que o pai achava que só se podia lidar com ele adotando as mais violentas medidas. Nestas condições, desatou a fugir do pai, parando quando ele parava e precipitando-se novamente em frente ao menor movimento do pai. Foi assim que deram várias voltas no quarto, sem que nada de concreto ocorresse. Aliás, tudo aquilo estava longe de assemelhar-se a uma perseguição, dada a lentidão com que se processava. Gregor resolveu manter-se no chão, não fosse o pai interpretar como manifestação declarada de perversidade qualquer excursão pelas paredes ou pelo teto. Apesar disso, não podia suportar aquela corrida por muito mais tempo, uma vez que, por cada passada do pai, era obrigado a empenhar-se em toda uma série de movimentos e, da mesma maneira que na vida anterior nunca tivera uns pulmões muito confiáveis, começava a perder o fôlego. Prosseguia ofegante, tentando concentrar todas as energias na fuga, mal mantendo os olhos abertos, tão apatetado que não conseguia sequer imaginar qualquer processo de escapar a não ser continuar em frente, quase esquecendo que podia utilizar as paredes, repletas de mobílias ricamente talhadas, cheias de saliências e reentrâncias. De súbito, sentiu bater perto de si e rolar à sua frente qualquer coisa que fora violentamente arremessada. Era uma maçã, à qual logo outra se seguiu. Gregor deteve-se, assaltado pelo pânico. De nada servia continuar a fugir, uma vez que o pai resolvera bombardeá-lo. Tinha enchido os bolsos de maçãs, que tirara da fruteira do aparador, e atirava-as uma a uma, sem grandes preocupações de pontaria. As pequenas maçãs vermelhas rodopiavam no chão como que magnetizadas batendo umas nas outras. Uma delas, arremessada sem grande força, roçou o dorso de Gregor e ricocheteou sem machucar. A que se seguiu, penetrou-lhe nas costas. Gregor tentou arrastar-se para a frente, como se, fazendo isso, pudesse deixar para trás a incrível dor que repentinamente sentiu, mas teve impressão de que estava pregado ao chão e só conseguiu se agachar, completamente desorientado. Num último olhar, antes de perder a consciência, viu a porta abrir-se de repente e a mãe entrar de supetão à frente da filha, em trajos menores, pois Grete tinha-a libertado da roupa para lhe permitir melhor respiração e reanimá-la. Viu ainda a mãe correr para o pai, deixando cair no chão as saias de baixo, uma após outra, tropeçar nelas e cair nos braços do pai, em completa união com ele. Nesse instante, a vista de Gregor começou a falhar, enclavinhando-lhe as mãos ao redor do pescoço e pedindo-lhe que poupasse a vida ao filho.

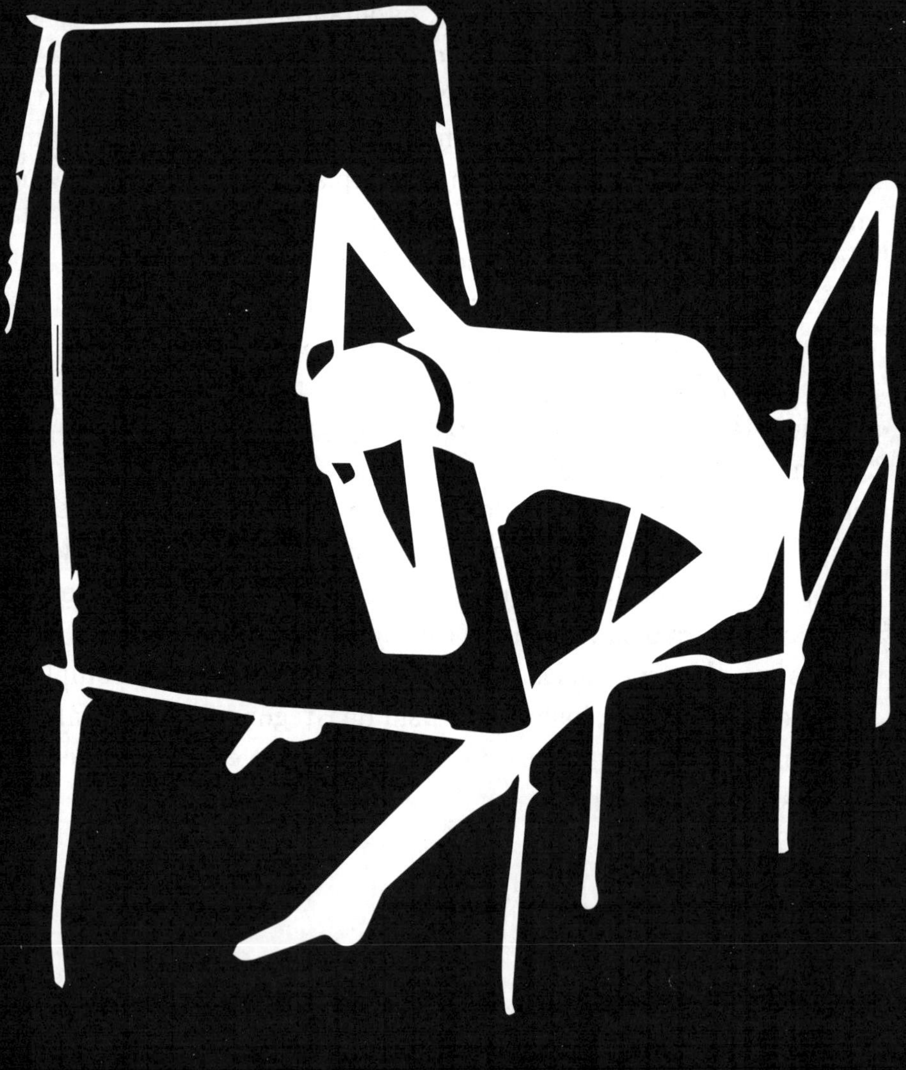

3

A maçã continuou cravada no corpo de Gregor já que ninguém teve a coragem de retirá-la, era uma recordação visível da agressão, que lhe causara um grave ferimento, afetando-o havia mais de um mês. A ferida parecia ter feito com que o próprio pai se lembrasse de que Gregor era um membro da família, apesar do seu desgraçado e repelente aspecto atual, não devendo, portanto, ser tratado como inimigo; pelo contrário, o dever familiar impunha que esquecessem o desgosto e suportassem tudo com paciência.

O machucado tinha diminuído, talvez para sempre, a sua capacidade de movimentos e agora ele precisava de longos minutos para se arrastar no quarto, como um velho inválido. Nas condições atuais, estava totalmente fora de questão a possibilidade de subir pela parede. Parecia-lhe que este agravamento da sua situação era suficientemente compensado pelo fato de terem passado a deixar aberta, ao anoitecer, a porta que dava para a sala de estar, a qual fitava intensamente desde uma a duas horas antes, aguardando o momento em que, deitado na escuridão do quarto, invisível aos outros, podia vê-los sentados à mesa, sob a luz, e ouvi-los conversarem, numa espécie de comum acordo, bem diferente dos sussurros que anteriormente escutara.

É certo que faltava às suas relações com a família a animação de outrora, que sempre recordara com certa saudade nos acanhados quartos de hotel em cujas camas úmidas se acostumara a cair, completamente esgotado. Atualmente, passavam a maior parte do tempo em silêncio. Pouco tempo após o jantar, o pai adormecia na cadeira de braços; a mãe e a irmã exigiam silêncio uma à outra. Enquanto a mãe curvada sob o lustre, bordava para uma loja de roupas íntimas, a irmã, que se empregara como caixeira, estudava estenografia e francês, na esperança de conseguir trabalho melhor. De vez em quando, o pai acordava e, como se não tivesse consciência de que tinha dormido, dizia à mãe:

– Já costurou demais por hoje! – caindo novamente no sono, enquanto as duas mulheres trocavam um sorriso cansado.

Por qualquer estranha teimosia, o pai persistia em manter-se uniformizado, mesmo em casa, e, enquanto o pijama repousava, inútil, pendurado no cabide, dormia completamente vestido onde quer que se sentasse, como se estivesse sempre pronto a entrar em ação e esperasse apenas uma ordem de seu superior. Em consequência, o uniforme que, para começar, não era novo, ficava encardido, apesar de todos cuidados que a mãe e a irmã tinham. Não raro, Gregor passava a noite observando as muitas nódoas de gordura do uniforme, cujos botões dourados se mantinham sempre brilhantes, dentro do qual o velho dormia sentado, por certo desconfortavelmente, mas com a maior das tranquilidades.

Assim que o relógio marcava dez horas, a mãe tentava despertar o marido com palavras meigas e convencê-lo a ir para a cama, visto que assim nem dormia confortável, que era o mais importante para quem tinha de entrar ao serviço às seis da manhã. Não obstante, com a teimosia que não largava desde que se empregara no banco, insistia sempre em ficar à mesa até mais tarde, embora tornasse invariavelmente a cair no sono e por fim só a muito custo a mãe conseguisse que ele se levantasse da cadeira e fosse para a cama. Por mais que mãe e filha insistissem com brandura, ele mantinha-se durante quinze minutos a abanar a cabeça, de olhos fechados, recusando-se a abandonar a cadeira. A mãe sacudia-lhe a manga, sussurrando-lhe ternamente ao ouvido, mas ele não se deixava levar. Só quando ambas o erguiam pelas axilas, abria os olhos e as fitava, alternadamente, falando quase sempre: "Que vida a minha! Chama-se a isto uma velhice descansada", – apoiando-se na mulher e na filha, erguia-se com dificuldade, como se não pudesse com o próprio peso, deixando que elas o conduzissem até a porta, então as afastava, prosseguindo sozinho, enquanto a mãe abandonava a costura e a filha pousava a caneta para correrem a ampará-lo novamente no resto do caminho.

Naquela família assoberbada de trabalho e exausta, havia lá alguém que tivesse tempo para se preocupar com Gregor mais do que o estritamente necessário! As despesas da casa eram cada vez mais reduzidas. A diarista fora despedida; uma diarista ossuda e alta vinha de manhã e à tarde para os trabalhos mais pesados, encarregando-se a mãe de Gregor de todo o resto, incluindo a dura tarefa de bordar. Tinham-se visto até na obrigação de vender as joias da família, que a mãe e a irmã costumavam orgulhosamente pôr em festas e cerimônias, conforme Gregor descobriu uma noite, ouvindo-os discutir o preço com que haviam conseguido vendê-las. Mas o que mais lamentava era o fato de não poderem deixar a casa, que era demasiado grande para as necessidades atuais, pois não conseguiam imaginar meio algum de deslocar Gregor. Gregor bem via que não era a consideração pela sua pessoa o principal obstáculo à mudança, pois facilmente poderiam metê-lo numa caixa adequada, com orifícios que lhe permitissem respirar; o que, na verdade, os impedia de mudarem de casa era o próprio desespero e a convicção de que tinham sido isolados por uma infelicidade que nunca sucedera a nenhum dos seus parentes ou conhecidos. Passavam pelas piores provações que o mundo impõe aos pobres; o pai ia levar o lanche aos empregados de menor categoria do banco, a mãe gastava todas as energias a confeccionar roupa íntima para estranhos e a irmã saltava de um lado para outro, atrás do balcão, às ordens dos fregueses, mas não dispunham de forças para mais. E a ferida que Gregor tinha no dorso parecia abrir-se de novo quando a mãe e a irmã, depois de meterem o pai na cama, deixavam os seus trabalhos no local e se sentavam, com a cara encostada uma à outra. A mãe costumava então dizer, apontando para o quarto de Gregor:

– Fecha a porta, Grete.

E lá ficava ele novamente mergulhado na escuridão, enquanto na sala ao lado as duas mulheres misturavam as lágrimas ou, quem sabe, se deixavam ficar à mesa, de olhos enxutos, a contemplar o vazio.

Gregor mal dormia, seja de dia ou de noite. Muitas vezes assaltava-o a ideia de que, ao tornar a abrir a porta, voltaria a tomar a seu cargo os assuntos da família, como sempre fizera; depois deste longo intervalo, vinham-lhe mais uma vez ao pensamento as figuras do patrão e do gerente do escritório, dos caixeiros-viajantes e dos aprendizes, do porteiro estúpido, de dois ou três amigos empregados noutras firmas, de uma criada de quarto de um dos hotéis do interior, uma recordação, doce e fugaz, de uma vendedora de uma loja de chapéus que cortejara com ardor, mas demasiado lentamente. Tudo lhe vinha à mente, juntamente com estranhos ou pessoas que tinha esquecido completamente. Mas nenhuma delas podia ajudá-lo, nem à família, pois não havia maneira de contatar elas, então se sentiu feliz quando desapareceram. Outras vezes não estava com disposição para preocupar-se com a família e apenas sentia raiva devido à falta de atenção e, embora não tivesse ideias certas sobre o que gostaria de comer, arquitetava planos de assaltar a despensa, para se apoderar da comida que, no fim de contas, tinha direito, apesar de não ter fome. A irmã não se preocupava mais em trazer-lhe o que mais lhe agradasse. De manhã e à tarde, antes de sair para o trabalho, empurrava com o pé, para dentro do quarto, a comida que houvesse à mão, e à noite retirava de novo com o auxílio da vassoura, sem se preocupar em verificar se ele a tinha simplesmente provado ou – como era comum acontecer – havia deixado intacta. A limpeza do quarto, que procedia sempre à noite, não podia ser feita mais apressadamente. As paredes estavam cobertas de manchas de sujeira e, aqui e além, viam-se bolas de lixo e de pó no soalho. A princípio, Gregor costumava ficar em um canto particularmente sujo, quando da chegada da irmã, como que a repreendê-la pelo fato. Podia ter passado ali semanas sem que ela tentasse melhorar aquele estado de coisas; via a sujeira tão bem como ele; simplesmente, tinha decidido deixá-la tal como estava. E numa disposição pouco habitual e que parecia de certo modo ter contagiado toda a família, reservava-se, ciumenta e exclusivamente, o direito de lidar com o quarto de Gregor. Certa vez a mãe procedeu a uma limpeza total do quarto, o que exigiu vários baldes de água - é claro que esta baldeação também incomodou Gregor, que teve de manter-se estendido no sofá, perturbado e imóvel. Mas isso custou-lhe bom castigo. À noite, mal a filha chegou e viu a mudança operada no quarto, correu ofendidíssima para a sala de estar e, indiferente aos braços erguidos da mãe, entregou-se a uma crise de lágrimas. Tanto o pai, que, evidentemente, saltara da cadeira, como a mãe ficaram momentaneamente olhando para ela, surpresos e impotentes. A seguir, reagiram ambos: o pai repreendeu, por um lado, a mulher por não ter deixado a limpeza do quarto para a filha e, por outro lado, gritou com Grete, proibindo-a de cuidar do quarto. Enquanto isso, a mãe tentava arrastar o marido para o quarto, uma vez que estava fora de si. Agitada por soluços, Grete batia com os punhos na mesa. Gregor, entretanto, assobiava furiosamente, por ninguém ter tido a ideia de fechar a porta, para o poupar de tão ruidoso espetáculo.

Admitindo que a irmã, exausta pelo trabalho diário, tivesse cansada de tratar de Gregor como anteriormente fazia, não havia razão para a mãe intervir, nem para ele ser esquecido. Havia a empregada, uma velha viúva cuja vigorosa ossatura lhe tinha permitido resistir às agruras de uma longa vida, que não temia Gregor. Conquanto nada tivesse de curiosa, tinha certa vez aberto acidentalmente a porta do quarto de Gregor, o qual, apanhado de surpresa, desatara a correr para um lado e para outro, mesmo que ninguém o perseguisse, e, ao vê-lo, ficou de braços cruzados. De então em diante nunca deixara de abrir um pouco a porta, de manhã e à tarde, para o espreitar. A princípio até o chamava, empregando expressões que certamente considerava simpáticas, tais como: "Venha cá, seu bicho sujo! Olhe só para este bicho velho!" E Gregor não respondia a tais chamados, continuando imóvel, como se nada fosse com ele. Em vez de a deixarem incomodá-lo daquela maneira sempre que lhe dava vontade, bem que podiam mandá-la fazer todos os dias a limpeza ao quarto! Numa ocasião, de manhã cedo, num dia em que a chuva respingava nas vidraças, talvez anunciando a chegada da primavera, Gregor ficou tão irritado quando ela começou de novo, que correu no seu encalço, como se estivesse disposto a atacá-la, embora com movimentos lentos e fracos. A empregada, em vez de assustar-se, limitou-se a erguer uma cadeira que estava junto da porta e ali ficou de boca aberta, na visível intenção de só a fechar depois de jogar a cadeira sobre o dorso de Gregor. – Então, não vai chegar mais perto? – perguntou, ao ver Gregor afastar-se novamente. Depois, voltou a colocar calmamente a cadeira no seu canto.

Ultimamente, Gregor quase não comia. Só quando passava por acaso junto da comida que lhe tinham posto abocanhava um pedaço, à guisa de distração, conservando-o na boca durante mais ou menos uma hora, após o que normalmente acabava cuspindo. No começo achou que era o desagrado pelo estado do quarto que lhe tirara o apetite. Depressa se habituou às diversas mudanças que se haviam registrado no quarto. A família adquirira o hábito de atirar para o seu quarto tudo o que não cabia em outro lugar e atualmente havia lá uma série de coisas, pois um dos quartos tinha sido alugado a três hóspedes. Eram homens de aspecto rude, um deles barbado, conforme Gregor verificara um dia, ao espreitar através de uma fenda na porta, que tinham mania de arrumação, não apenas do quarto que ocupavam, mas também, como habitantes da casa, em toda ela, especialmente na cozinha. Não suportavam objetos supérfluos, para não falar de imundícies. Acontece que tinham trazido consigo a maior parte do mobiliário de que necessitavam. Isso tornava muitas coisas supérfluas, mas eram inviáveis de se vender, embora não fossem de se jogar fora, por isso iam sendo acumuladas no quarto de Gregor, juntamente com o balde da cinza e a lata do lixo da cozinha. Tudo o que não era preciso de momento, era, pura e simplesmente, atirado no quarto de Gregor pela empregada, que fazia tudo às pressas. Por felicidade, Gregor só costumava ver o objeto, seja lá o que fosse, e a mão que o segurava. Talvez ela tivesse intenção de tornar a levar as coisas quando fosse oportuno, ou de juntá-las para um dia mais tarde as jogar fora ao mesmo tempo. O que é fato é que as coisas lá iam ficando no próprio local para onde ela as atirava, exceto quando Gregor abria caminho por entre o monte de trastes e as afastava um pouco, primeiramente por necessidade, por não ter espaço suficiente para rastejar, mas mais tarde por divertimento crescente, embora após tais excursões, morto de tristeza e cansaço, permanecesse inerte durante horas. Por outro lado, como os hóspedes jantavam frequentemente na casa, na sala de estar comum, a porta entre esta e o seu quarto ficava muitas noites fechada.

Gregor aceitara facilmente esse isolamento, pois muitas noites em que deixavam a porta aberta ele se isolava totalmente, enfiando-se no recanto mais escuro do quarto, inteiramente fora das vistas da família. Numa ocasião, a empregada deixou a porta ligeiramente aberta, assim tendo ficado até a chegada dos hóspedes para jantar, altura em que se acendeu o candeeiro. Sentaram-se à cabeceira da mesa, nos lugares antigamente ocupados por Gregor, pelo pai e pela mãe, desdobraram os guardanapos e levantaram o garfo e a faca. A mãe surgiu imediatamente na outra porta com uma travessa de carne, seguida de perto pela filha, que transportava outra com um montão de batatas. Desprendia-se da comida um vapor espesso. Os hóspedes curvaram-se sobre ela, como a examiná-la antes de se decidirem a comer. Efetivamente, o do meio, que parecia dispor de uma certa autoridade sobre os outros, cortou um pedaço da carne da travessa, certamente para verificar se era tenra ou se deveria mandá-la de volta à cozinha. Mostrou um ar de aprovação, que teve o dom de provocar na mãe e na irmã, que os observavam ansiosamente, um suspiro de alívio e um sorriso de entendimento.

A família de Gregor comia agora na cozinha. Antes de se dirigir à cozinha, o pai de Gregor foi à sala de estar e, com o devido respeito, de boné na mão, dava a volta à mesa. Os hóspedes levantaram-se todos e murmuraram qualquer coisa por entre as barbas. Quando voltavam a ficar sós, punham-se a comer, em quase completo silêncio. Gregor estranhou que, por entre os vários sons provenientes da mesa, fosse capaz de distinguir o som dos dentes a mastigarem a comida. Era como se alguém pretendesse demonstrar-lhe que para mastigar era preciso dispor de dentes e que, com mandíbulas, por melhores que fossem, ninguém podia fazê-lo. Fome, tenho eu, disse tristemente Gregor, para si mesmo, mas não é dessa comida. Estes hóspedes a empanturrarem-se e eu aqui a morrer de fome. Durante todo o tempo que ali passara, Gregor não se lembrava de alguma vez ter ouvido a irmã tocar. Nessa mesma noite, ouviu o som do violino na cozinha. Os hóspedes tinham acabado de jantar. O do meio trouxera um jornal e dera uma página a cada um dos outros; reclinados para trás, liam, enquanto fumavam. Quando se ouviu o som do violino, apuraram os ouvidos, levantaram-se e dirigiram-se nas pontas dos pés até a porta do vestíbulo, onde se detiveram, colados uns aos outros, à escuta. Sem dúvida, ao notar, na cozinha, os seus movimentos, o pai de Gregor perguntou:

— Incomoda-os o som do violino, meus senhores? Se incomoda, paro agora. Pelo contrário — replicou o hóspede do meio —, não poderá a Senhorita Samsa vir tocar ali na sala, perto de nós? Sempre é mais apropriado e é mais confortável.

— Oh, com certeza! — respondeu o pai de Gregor, como se fosse ele o violinista. Os hóspedes regressaram à sala de estar, onde ficaram à espera. Imediatamente apareceu o pai de Gregor com o suporte de partitura, a mãe com a partitura e a irmã com o violino. Grete fez silenciosamente os preparativos para tocar. Os pais, que nunca tinham alugado quartos e por esse motivo tinham uma noção exagerada da cortesia devida aos hóspedes, não se atreveram a sentar-se nas próprias cadeiras. O pai encostou-se à porta, com a mão direita enfiada entre dois botões do casaco, cerimoniosamente abotoado até em cima. Quanto à mãe, um dos hóspedes ofereceu-lhe a cadeira, onde se sentou na borda, sem sequer mexer do lugar onde ele a colocara. A irmã de Gregor começou a tocar, enquanto os pais, sentados de um lado e do outro, observavam atentamente os movimentos das mãos. Atraído pela música, Gregor aventurou-se a avançar ligeiramente, até ficar com a cabeça dentro da sala de estar. Quase não se surpreendia com a sua crescente falta de consideração para com os outros; foi-se o tempo em que se orgulhava de ser discreto. A verdade, porém, é que, agora mais do que nunca, havia motivos para ocultar-se: dada a espessa quantidade de pó que enchia o quarto e que se levantava no ar ao menor movimento, ele próprio estava coberto de pó. Ao deslocar-se, arrastava atrás de si cabelos e restos de comida que grudavam no dorso e flancos. A sua indiferença em relação a tudo era grande demais para dar-se ao trabalho de deitar de costas e esfregar-se no tapete, para se limpar, como antigamente fazia várias vezes ao dia. E, apesar daquele estado, não teve qualquer pudor em avançar um pouco mais, entrando no soalho imaculado da sala.

Era evidente que ninguém notou a sua presença. A família estava totalmente absorta no som do violino, mas os hóspedes, que inicialmente tinham permanecido de pé, com as mãos nos bolsos, quase em cima do suporte da partitura, de tal maneira que por pouco poderiam ler também as notas, o que devia ter perturbado a irmã, tinham logo se afastado para junto da janela, onde sussurravam de cabeça baixa, e ali permaneceram até que o Senhor Samsa começou a fitá-los ansiosamente. Efetivamente, era bem visível que tinham sido desapontadas as suas esperanças de ouvirem uma execução de qualidade ou com interesse, que estavam saturados da audição e apenas continuavam a permitir que ela lhes perturbasse o sossego por mera questão de cortesia. Sua irritação era visível pela maneira como sopravam o fumo dos charutos para o ar, pela boca e pelo nariz. Grete estava tocando tão bem! Tinha o rosto inclinado para o instrumento e os olhos tristes seguiam atentamente a partitura. Gregor arrastou-se um pouco mais para diante e baixou a cabeça para o chão, a fim de poder encontrar o olhar da irmã. Poderia ser realmente um animal, quando a música tinha sobre si tal efeito? Parecia abrir diante de si o caminho para o alimento desconhecido que tanto desejava. Estava decidido a continuar o avanço até chegar ao pé da irmã e puxar-lhe pela saia, para dar-lhe a perceber que devia ir tocar no quarto dele, visto que ali ninguém como ele apreciava a sua música. Nunca a deixaria sair do seu quarto, pelo menos enquanto ele vivesse. Pela primeira vez, o aspecto repulsivo seria de utilidade: poderia vigiar imediatamente todas as portas do quarto e cuspir em qualquer intruso. A irmã não precisava sentir-se forçada, porque ficaria à vontade com ele. Sentaria no sofá junto dele e então ele confiaria a ela que estava na firme disposição de matriculá-la no conservatório e que, se não fosse a desgraça que lhe acontecera, no Natal anterior – será que o Natal fora há muito tempo? – teria anunciado essa decisão a toda a família, não permitindo qualquer objeção. Depois de tal confidência, a irmã desataria em pranto e Gregor levantaria até se apoiar no ombro dela e beijaria seu pescoço, agora liberto de colares, desde que estava empregada.

– Senhor Samsa! – gritou o hóspede do meio ao pai de Gregor, ao mesmo tempo que, sem desperdiçar mais palavras, apontava para Gregor, que lentamente se esforçava por avançar. O violino calou-se e o hóspede do meio começou a sorrir para os companheiros, acenando com a cabeça. Depois tornou a olhar para Gregor. Em vez de enxotá-lo, o pai parecia julgar mais urgente acalmar os hóspedes, embora estes não estivessem nada agitados e até parecessem mais divertidos com ele do que com a audição de violino. Correu para perto deles e, estendendo os braços, tentou convencê--los a voltarem ao quarto que ocupavam, ao mesmo tempo que lhes ocultava a visão de Gregor. Nessa altura começaram a ficar mesmo incomodados devido ao comportamento do velho ou porque se tocaram, de repente, que, tinham Gregor por vizinho de quarto. Pediram-lhe satisfações, agitando os braços no ar como ele, ao mesmo tempo que puxavam nervosamente as barbas, e só relutantemente recuaram para o quarto que lhes estava destinado. A irmã de Gregor, que para ali se deixara ficar, desamparada, depois de tão brusca interrupção da sua execução musical, caiu novamente em si, endireitou-se rapidamente, depois de um instante a segurar no violino e no arco e a fitar a partitura, e, atirando o violino para o colo da mãe, que permanecia na cadeira a lutar com um acesso de tosse, correu para o quarto dos hóspedes, para onde o pai os conduzia, agora com maior rapidez. Com gestos hábeis, compôs os travesseiros e as colchas. Ainda os hóspedes não tinham chegado ao quarto, saía pela porta afora, deixando as camas feitas.

O velho parecia uma vez mais tão dominado pela sua obstinada autoconfiança que esquecia completamente o respeito devido aos hóspedes. Continuou a empurrá-los para a porta do quarto, até que o hóspede do meio, ao chegar à porta, bateu ruidosamente o pé no chão, obrigando-o a deter-se. Levantando a mão e olhando igualmente para a mãe e filha, falou:

— Se me permitem, preciso informá-los que, devido às repugnantes condições desta casa e da família — e aqui cuspiu no chão, com ênfase eloquente — rescindo imediatamente a locação do quarto. É claro que não pagarei um tostão pelos dias que aqui passei; muito pelo contrário, vou pensar seriamente em mover uma ação por perdas e danos, com base em argumentos que, podem crer, são susceptíveis de provas mais que suficientes.

Interrompeu-se, ficando a olhar em frente, como se esperasse qualquer coisa. Efetivamente, os dois companheiros entraram também na questão:

— E nós desistimos também do quarto. — A seguir, o hóspede do meio girou a maçaneta da porta e fechou-a com estrondo.

Cambaleante e tateando o caminho, o pai de Gregor deixou-se cair na cadeira. Quase parecia distendendo-se para a habitual sesta da noite, mas os espasmódicos movimentos da cabeça, que se revelavam incontroláveis, mostravam que não estava com disposição de dormir. Durante tudo aquilo, Gregor limitara-se a ficar quieto no mesmo lugar onde os hóspedes o tinham surpreendido. Não conseguia mover-se, em face do desapontamento e da derrocada dos seus projetos e também, quem sabe, devido à fraqueza resultante de vários dias sem comer. Com certo grau de certeza, temia que a qualquer momento a tensão geral se descarregasse num ataque à sua pessoa, e aguardava. Nem sequer assustou com o barulho do violino, que escorregou do colo da mãe e caiu no chão.

– Queridos pais – disse a irmã, batendo com a mão na mesa, como introdução – as coisas não podem continuar neste pé. Talvez não percebam o que se está acontecendo, mas eu percebo. Não pronunciarei o nome do meu irmão na presença desta criatura e, portanto, só digo isto: temos que ver-nos livres dela. Tentávamos cuidar desse bicho e suportá-lo até onde era humanamente possível, e acho que ninguém tem como nos censurar.

– Ela tem toda a razão, disse o pai, para si mesmo.

A mãe, que estava ainda em estado de choque por causa da falta de ar, começou a tossir em som surdo, pondo a mão à frente da boca, com um olhar selvagem.

A irmã correu para junto dela e amparou-lhe a testa. As palavras de Grete pareciam ter definido os pensamentos errantes do pai. Endireitou-se na cadeira, tateando o boné do uniforme, que estava junto aos pratos dos hóspedes, ainda na mesa, e, de vez em quando, olhava para a figura imóvel de Gregor.

– Temos que nos ver livres dele – repetiu Grete, explicitamente, ao pai, já que a mãe tossia tanto que não podia ouvir uma palavra. –

Ele ainda será a causa da sua morte, estou prevendo. Quando se tem de trabalhar tanto como todos nós, não se pode suportar, ainda por cima, este tormento constante em casa. Pelo menos, eu já não aguento mais. – E pôs-se a soluçar tão dolorosamente que as lágrimas caíam no rosto da mãe, a qual as enxugava mecanicamente.

– Mas que podemos fazer, querida? – perguntou o pai, solidário e compreensivo.

A filha limitou-se a encolher os ombros, mostrando a sensação de desespero que a dominava, em flagrante contraste com a segurança de antes.

– Se ele nos entendesse... – continuou o pai, quase como se fizesse uma pergunta.

Grete, que continuava a soluçar, agitou veementemente a mão, dando a entender como era impensável.

– Se ele nos entendesse – repetiu o velho, fechando os olhos, para avaliar a convicção da filha de que não havia qualquer possibilidade de entendimento, talvez pudéssemos chegar a um acordo com ele. Mas assim...

– Ele tem de ir embora – gritou a irmã de Gregor. – É a única solução, pai. Precisamos tirar da cabeça a ideia de que aquilo é o Gregor. A causa de todos os nossos problemas é precisamente termos acreditado nisso durante demasiado tempo. Como pode aquilo ser o Gregor? Se fosse realmente o Gregor, já teria percebido há muito tempo que as pessoas não podem viver com semelhante criatura e teria ido embora de boa vontade. Não teríamos o meu irmão, mas poderíamos continuar a viver e a respeitar a sua memória. Assim, esta criatura nos persegue e afugenta nossos hóspedes. É evidente que quer a casa toda só para ele e, por sua vontade, iríamos todos dormir na rua. Olhe, pai... – estremeceu de súbito. – Lá está ele outra vez naquilo!

E, em um acesso de pânico que Gregor não conseguiu compreender, largou a mãe, puxando-lhe literalmente a cadeira, como se preferisse sacrificar a mãe a estar perto de Gregor. Precipitadamente, refugiou-se atrás do pai, que também se levantou da cadeira, preocupado com a agitação dela, e estendeu um pouco os braços, como se quisesse protegê-la.

Gregor não tivera a menor intenção de assustar ninguém, muito menos a irmã. Tinha simplesmente começado a virar-se, para rastejar de regresso ao quarto. Compreendia que a operação devia causar medo, pois estava tão diminuído que só lhe era possível efetuar a rotação erguendo a cabeça e apoiando-se com ela no chão a cada passo. Parou e olhou em volta. Pareciam ter compreendido a pureza das suas intenções, e o alarme fora apenas passageiro. Agora todos estavam em melancólico silêncio. A mãe continuava sentada, com as pernas rigidamente esticadas e comprimidas uma contra a outra, com os olhos fechados de exaustão. O pai e a irmã estavam sentados ao lado um do outro, a irmã com um braço passado em torno do pescoço do pai.

– Talvez agora me deixem dar a volta –, pensou Gregor, retomando os seus esforços. Não podia evitar o resfolegar de esforço e, de vez em quando, era forçado a parar, para recobrar o fôlego. Ninguém o apressou, deixando-o completamente entregue a si próprio. Completada a volta, começou imediatamente a rastejar direto para o quarto. Ficou surpreendido com a distância que o separava de seu quarto e não conseguiu perceber como tinha sido capaz de percorrê-la, quase sem se dar conta. Concentrado na tarefa de rastejar o mais depressa possível, mal reparou que nem um som, nem uma exclamação da família, lhe perturbavam o avanço. Só quando estava na passagem da porta é que virou a cabeça para trás, não completamente, porque os músculos do pescoço estavam ficando rígidos, mas o suficiente para verificar que ninguém tinha vindo atrás dele, exceto a irmã, que estava em pé. O seu último olhar foi para a mãe, que ainda não mergulhara completamente no sono.

Mal tinha entrado no quarto, sentiu fecharem apressadamente a porta e darem a volta na chave. O súbito ruído atrás de si assustou-o tanto que as pernas fraquejaram. Fora a irmã que revelara tal precipitação. Tinha-se mantido de pé, à espera, e dera um salto para fechar a porta. Gregor, que nem tinha ouvido a sua aproximação, escutou-lhe a voz:

— Até que enfim! — exclamou ela para os pais, ao girar a chave na fechadura.

— E agora? — perguntou Gregor a si mesmo, relanceando os olhos pela escuridão. Não tardou em descobrir que não podia mexer as pernas. Isto não o surpreendeu, pois o que achava pouco natural era que alguma vez tivesse sido capaz de aguentar-se em cima daquelas frágeis perninhas. Tirando isso, sentia-se relativamente bem. É certo que lhe doía o corpo todo, mas parecia-lhe que a dor estava diminuindo e que em breve desapareceria. A maçã podre e a zona inflamada do dorso em torno dela quase não o incomodavam. Pensou na família com ternura e amor. A sua decisão de partir era, se possível, ainda mais firme do que a da irmã. Deixou-se ficar naquele estado de vaga e calma meditação até o relógio da torre bater às três da manhã. Uma vez mais, viu o alvorecer do mundo que havia além da janela lhe penetrarem na consciência. Depois, a cabeça pendeu inevitavelmente para o chão e de suas narinas saiu um último e débil suspiro.

De manhã, ao chegar a diarista, com toda a força e impaciência, batia sempre violentamente com as portas, por mais que lhe recomendassem que não fizesse, e ninguém podia gozar um momento de sossego desde que ela chegava. Não viu nada de especial ao espreitar, como de costume, para dentro do quarto de Gregor. Pensou que ele se mantinha imóvel de propósito, fingindo-se amuado, pois julgava-o capaz das maiores espertezas. Tinha à mão a vassoura de cabo comprido, procurou obrigá-lo a ficar em pé com ela. Ao ver que nem isso surtia efeito, irritou-se e bateu-lhe com um pouco mais de força, e só começou a sentir curiosidade depois de não encontrar qualquer resistência. Compreendendo repentinamente o que sucedera, arregalou os olhos e, deixando escapar um assobio, não ficou mais tempo pensando no assunto. Escancarou a porta do quarto dos Samsa e gritou a plenos pulmões para a escuridão:

– Venham só ver isto: ele morreu! Está ali estendido, morto!

O Senhor e a Senhora Samsa ergueram-se na cama e, ainda sem entender direito o alcance da exclamação da empregada, tiveram certa dificuldade em vencer o choque que lhes produzira. Em seguida, saltaram da cama, cada um do seu lado. O Senhor Samsa pôs um cobertor nos ombros; a Senhora Samsa saiu de camisola, tal como estava. E foi assim que entraram no quarto de Gregor. Entretanto, abrira-se também a porta da sala de estar, onde Grete dormia desde a chegada dos hóspedes. Estava completamente vestida, como se não tivesse chegado a deitar-se, o que parecia confirmar-se igualmente pela palidez do rosto.

– Morto? – perguntou a Senhora Samsa, olhando inquisidoramente para a ela, embora pudesse ter verificado por si própria, e o fato fosse de tal modo evidente que dispensava qualquer investigação.

– Parece-me que sim – respondeu a diarista, que confirmou a afirmação empurrando o corpo inerte bem para um dos extremos do quarto, com a vassoura. A Senhora Samsa fez um movimento como que para impedir, mas logo se deteve.

– Muito bem – disse o Senhor Samsa –, louvado seja Deus. – fez o gesto de sinais da cruz, que foi repetido pelas três mulheres.

Grete, que não conseguia afastar os olhos do cadáver, comentou:

– Vejam só como ele estava magro. Há tanto tempo que não comia! Quando eu ia buscar o prato de comida, estava exatamente como quando tinha posto no quarto.

Efetivamente o corpo de Gregor apresentava-se achatado e seco, agora que se podia ver de perto e sem estar apoiado nas patas.

– Chega aqui um bocadinho, Grete – disse a Senhora Samsa, com um sorriso trêmulo.

A filha seguiu-os até ao quarto, sem deixar de voltar-se para ver o cadáver. A empregada fechou a porta e abriu a janela de lado a lado. Apesar de ser ainda muito cedo, sentia-se um certo calor no ar matinal. No fim de contas, estavam já no fim de março.

Emergindo do quarto, os hóspedes admiraram-se de não ver a mesa posta. Tinham sido esquecidos.

– Onde está o café da manhã? – perguntou rabugento o hóspede do meio à diarista. Esta, porém, levou o indicador aos lábios e, sem uma palavra, indicou-lhes precipitadamente o quarto de Gregor. Para lá se dirigiram e ali ficaram em pé, com as mãos nos bolsos dos casacos, em torno do cadáver de Gregor, no quarto agora muito bem iluminado.

Nessa altura abriu-se a porta do quarto dos Samsa e apareceu o pai, de uniforme, dando uma das mãos à mulher e outra à filha. Aparentavam todos um certo ar de terem chorado e, de vez em quando, Grete escondia o rosto no braço do pai.

– Saiam imediatamente da minha casa! – exclamou o Senhor Samsa, apontando a porta, sem deixar de dar os braços à mulher e à filha.

– Que quer o senhor dizer com isso? – interrogou-o o hóspede do meio, um tanto apanhado de surpresa, com um débil sorriso. Os outros dois puseram as mãos atrás das costas e começaram a esfregá-las, como se aguardassem, felizes, a concretização de uma disputa da qual haviam de sair vencedores.

— Quero dizer exatamente o que disse — respondeu o Senhor Samsa, avançando em linha reta em direção ao hóspede, juntamente com as duas mulheres.

O interlocutor manteve-se no lugar, momentaneamente calado e fitando o chão, como se tivesse havido uma mudança no rumo dos seus pensamentos.

— Então sairemos, pois, com certeza — respondeu depois, erguendo os olhos para o Senhor Samsa, como se, num súbito acesso de humildade, esperasse que tal decisão fosse novamente ratificada.

O Senhor Samsa limitou-se a acenar uma ou duas vezes com a cabeça com expressão significativa no olhar. Na circunstância, o hóspede encaminhou-se, com largas passadas, para o vestíbulo. Os dois amigos, que escutavam a troca de palavras e tinham deixado momentaneamente de esfregar as mãos, apressaram-se a segui-lo, como se receassem que o Senhor Samsa chegasse primeiro ao vestíbulo, impedindo-os de se juntarem ao outro. Chegados ao vestíbulo, recolheram os chapéus e as bengalas, fizeram uma reverência silenciosa e deixaram a casa. Com uma desconfiança que se revelou infundada, o Senhor Samsa e as duas mulheres os seguiram até o patamar. Debruçados sobre o corrimão, acompanharam com o olhar a lenta, mas decidida progressão, escada abaixo, das três figuras, que ficavam ocultas no patamar de cada andar por que iam passando, logo voltando a aparecer no instante seguinte. Quanto menores se tornavam na distância, menor se tornava o interesse com que a família Samsa os seguia. Quando um entregador de carne, subindo apressadamente as escadas com uma bandeja na cabeça, cruzou com eles, o Senhor Samsa e as duas mulheres acabaram deixando o saguão e voltaram para o apartamento, como se lhes tivessem tirado um peso de cima.

De comum acordo concluíram que a melhor forma de terminar esse dia seria descansar e dar um passeio mais tarde. Além de merecerem essa pausa no trabalho, necessitavam muito dela. Assim, sentaram-se à mesa e escreveram três cartas de justificação de ausência: o Senhor Samsa à gerência do banco, a Senhora Samsa à dona da loja para quem trabalhava e Grete ao patrão da empresa onde estava empregada. Enquanto escreviam, apareceu a diarista e avisou que iria sair naquele momento, pois já tinha acabado o trabalho diário. A princípio, limitaram-se a acenar afirmativamente, sem sequer levantarem a vista, mas, como ela continuasse ali, em pé, olharam irritadamente para ela.

– Sim? – disse o Senhor Samsa. A diarista sorria no batente da porta, como se tivesse boas notícias a lhes comunicar, mas não estivesse disposta a dizer uma palavra, a menos que fosse diretamente interrogada. A pena de avestruz espetada no chapéu, com que o Senhor Samsa implicava desde o primeiro dia em que a mulher tinha começado a trabalhar na casa, agitava-se animadamente em todas as direções.

– Sim, o que há? – perguntou o Senhor Samsa, a quem ela respeitava mais do que os outros.

– Bem – replicou a diarista, rindo de tal maneira que não conseguiu prosseguir imediatamente–, era só isto: não é preciso se preocupar com a forma de se livrarem daquilo no quarto ao lado. Eu já tratei de tudo.

O Senhor Samsa e Grete curvaram-se novamente sobre as cartas, parecendo preocupados. Percebendo que ela estava ansiosa por começar a descrever todos os pormenores, o Senhor Samsa interrompeu-a com um gesto firme. Não lhe sendo permitido contar a história, a mulher lembrou-se da pressa que tinha e, obviamente magoada, atirou-lhes um "bom dia a todos", e girou rispidamente nos calcanhares, afastando-se no meio de um assustador bater de portas.

– Hoje à noite vamos demiti-la – disse o Senhor Samsa, mas nem a mulher nem a filha deram qualquer resposta, pois a diarista parecia ter perturbado novamente a tranquilidade que mal tinham recuperado.

As duas se levantaram e foram ficar em pé perto da janela, muito agarradas uma à outra. O Senhor Samsa sentou-se na cadeira, para as observar durante uns instantes. Depois gritou para elas:

– Então, então! O que passou já passou. E podiam dar-me um bocado mais de atenção.

As duas mulheres responderam imediatamente a este apelo, correndo para ele e o enchendo de carinhos. Depois, acabaram rapidamente as cartas. Em seguida, saíram juntos de casa, coisa que não acontecia havia meses, e meteram-se num trem em direção ao campo, nos arredores da cidade. Dentro do trem onde eram os únicos passageiros, sentia-se o calor do sol. Confortavelmente reclinados nos assentos, falaram das perspectivas futuras, que, bem vistas as coisas, não eram más de todo. Discutiram os empregos que tinham, o que nunca tinham feito até então, e chegaram à conclusão de que todos eles eram extraordinários e pareciam promissores. A melhor forma de viverem com menos sufoco era, evidentemente, se mudarem para uma casa menor, que fosse mais barata, mas também com melhor situação e mais fácil de administrar do que a anterior, cuja escolha fora feita por Gregor. Enquanto conversavam sobre estes assuntos, o Senhor e a Senhora Samsa notaram, de súbito, quase ao mesmo tempo, a visível vivacidade de Grete, que, apesar de todos os desgostos dos últimos tempos, que a haviam tornado pálida, se tinha transformado numa bonita e vistosa mulher.

O reconhecimento desta transformação tranquilizou-os e, quase inconscientemente, trocaram olhares de aprovação total, concluindo que se aproximava o momento de lhe arranjar um bom marido. E quando, terminado o passeio, a filha ficou em pé diante deles, esticando o corpo jovem, sentiram, com isso, que aqueles novos sonhos e suas esperançosas intenções haviam de ser realizados.

A VIDA DE
FRANZ
KAFKA

Sigismund Jacobi/Domínio Público

Kafka em 1888, aos 5 anos

Considerado pelos críticos como um dos escritores mais influentes do século XX, Franz Kafka era tcheco de ascendência judaica. Nasceu em 1883, em Praga, e morreu em 1924, em Kierling, próximo a Klosterneuburg (Áustria).

Na época em que Kafka cresceu, a maior parte da população de sua cidade falava tcheco, mas ele era de uma família que se comunicava em alemão. Havia uma divisão entre os grupos de tchecos e alemães, pois os dois lados tentavam fortalecer sua identidade.

Kafka

Kafka formou-se em direito e trabalhou em uma empresa de seguros. Escrevia contos no seu tempo livre. Sempre reclamou do pouco tempo que tinha para dedicar-se à literatura. Lamentava gastar tanto tempo com o seu ganha-pão.

Ele preferia se comunicar através de cartas. Escreveu centenas para seu pai, sua noiva Felice Bauer e a irmã mais nova, Ottla Kafka. Tinha uma relação complicada e turbulenta com o pai, o que teve uma grande influência sobre sua escrita.

Entre as obras publicadas durante a sua vida estão: *Considerações* (1912), *O Veredicto* (1913), *A Metamorfose* (1915) e *Um Médico Rural* (1919).

Os trabalhos inacabados de Kafka, como os romances *O Processo*, *O Castelo* e *O Desaparecido*, foram publicados postumamente pelo seu amigo Max Brod, que ignorou o desejo de Kafka de ter seus manuscritos destruídos.

Albert Camus, Gabriel García Márquez e Jean-Paul Sartre estão entre os escritores influenciados pela obra de Kafka.

Franz Kafka, gravura de Jan Hladík (1978)

KAFKIANO

Kafka inspirou a criação do termo *kafkiano*, usado para descrever conceitos e situações que remetem à sua obra, principalmente *O Processo* e *A Metamorfose*. Entre os exemplos de situações usadas estão momentos quando a burocracia subjuga as pessoas, geralmente de forma surreal, evocando distorção, falta de sentido e impossibilidade de ajuda.

Personagens em uma cena kafkiana carecem de autossuficiência para escapar das situações labirínticas. Elementos kafkianos muitas vezes aparecem em obras existencialistas, mas o termo ultrapassou o meio literário e também é usado em ocorrências reais que são incompreensíveis, complexas, bizarras ou ilógicas.

A maior parte de sua obra, como *A Metamorfose*, *O Processo* e *O Castelo*, traz temas de brutalidade física e psicológica, conflito entre pais e filhos, personagens com missões aterrorizantes, labirintos burocráticos e transformações místicas.

FAMÍLIA

Os Kafka constituíam uma família de judeus asquenazes de classe média. O pai de Franz se chamava Hermann e viveu entre 1852 e 1931, sendo o quarto filho de Jakob Kafka, um religioso de Osek, nasceu em uma vila tcheca com uma grande população judaica, localizada perto de Strakonice, na região da Boêmia do sul. Hermann trouxe a família de Kafka para Praga. Depois de trabalhar como caixeiro-viajante, ele acabou se tornando um varejista de roupas.

Julie, a mãe do escritor, nasceu em 1856 e faleceu em 1934. Era filha de Jakob Löwy, um próspero mercador de varejo em Poděbrady, e recebeu melhor educação formal que seu marido.

Os pais de Kafka provavelmente falavam um alemão misturado com iídiche[1], chamado pejorativamente de *mauscheldeutsch*. Como a língua alemã era considerada o veículo de mobilidade social, eles provavelmente encorajaram os seus filhos a falar o alemão padrão.

Hermann e Julie tiveram seis filhos, e Franz era o mais velho. Georg e Heinrich, dois dos irmãos, morreram na infância antes de Franz completar sete anos. Segundo alguns psicólogos especialistas na obra de Kafka, a morte dos irmãos foi um fator determinante para o sentimento de culpa presente nos seus livros.

Os pais de Kafka, Hermann e Julie Kafka (cerca de 1913)

[1]. Língua germânica pertencente às comunidades judaicas da Europa central e oriental, cuja base é o alto alemão do século XIX, contendo elementos do hebraico e aramaico. (N. do E.)

Suas três irmãs eram Gabriele (Ellie) (1889-1944), Valerie (Valli) (1890-1942) e Ottilie (Ottla) (1892-1943). Todas morreram durante o Holocausto, na Segunda Guerra Mundial. Valli foi deportada para o Gueto de Lodz, na Polônia, em 1942, sendo esta a última referência a ela.

Franz falava do pai como "um verdadeiro Kafka nos quesitos força, saúde, apetite, sonoridade vocal, eloquência, autossatisfação, dominação mundial, resistência, presença de mente e conhecimento da natureza humana".

Nos dias de comércio, ambos os pais se ausentavam da casa, com Julie Kafka trabalhando até 12 horas por dia para ajudar a manter o negócio. A infância de Franz foi, consequentemente, solitária, e as crianças ficavam com criados. A relação turbulenta de Kafka com seu pai é evidente em sua *Carta ao Pai*, de mais de 100 páginas, nas quais ele reclama de ser profundamente afetado pela autoridade dele e pela sua personalidade exigente. Em contraste, a mãe era quieta e tímida.

No começo de agosto de 1914, pouco após o início da Primeira Guerra Mundial, as irmãs de Franz, Ellie e Valli, já casadas, sem saber onde os seus maridos estavam servindo como militares, retornaram ao apartamento da família. Franz, aos 31 anos, mudou-se para o antigo apartamento de Valli e passou a viver sozinho pela primeira vez.

ESTUDOS

De 1889 a 1893, Kafka frequentou a escola primária para meninos Deutsche Knabenschule German no *Masný trh/Fleischmarkt* (Mercado de Carne), conhecido como *Masná Street*. A educação judaica terminou com a celebração de seu bar mitzvah aos 13 anos. Kafka nunca gostou de frequentar a sinagoga e visitava-a somente em quatro feriados ao ano com seu pai.

Após concluir a escola primária em 1893, Kafka ingressou no rigoroso ginásio clássico estadual, o *Altstädter Deutsche Gymnasium*, uma escola secundária acadêmica na *Old Town Square*, no *Kinský Palace*. O alemão era a língua de ensino, mas Kafka também falava e escrevia em tcheco; Estudou a língua no ginásio por oito anos, conquistando boas notas. Apesar de ter recebido elogios pelo seu tcheco, nunca se considerou fluente no idioma, mesmo que falasse alemão com sotaque tcheco. Concluiu seus exames finais em 1901.

No mesmo ano, o futuro escritor ingressou na *Deutsche Karl-Ferdinands-Universität*, de Praga. Começou no curso de química e, depois de duas semanas, mudou para direito, por oferecer uma gama de carreiras que o pai aprovava. Além disso, o curso oferecia uma grande grade de disciplinas, o que deu a Kafka a oportunidade de ter aulas de estudos alemães e história da arte.

Ainda na universidade, também participou de um clube estudantil, o *Lese-und Redehalle der Deutschen Studenten* (Salão de Leitura e Oratória dos Estudantes Alemães), que organizava eventos literários, leituras e outras atividades culturais. Entre os amigos de Kafka estavam o jornalista Felix Weltsch, que estudou filosofia, o ator Yitzchak Lowy, que vinha de uma família chassídica ortodoxa, e os escritores Oskar Baum e Franz Werfel.

Nesse curso, Kafka conheceu Max Brod, um colega de direito que tornou-se um grande amigo. Brod logo percebeu que, apesar de tímido e calado, o que Kafka dizia costumava ser profundo. Kafka sempre foi um ávido leitor. Juntos, leram *Protágoras*, de Platão, no original em grego, por iniciativa de Brod, *A Educação Sentimental* e *A Tentação de Santo Antão*, de Gustave Flaubert, em francês, por iniciativa própria. Kafka considerava Fiódor Dostoiévski, Flaubert, Franz Grillparze e Heinrich von Kleist os seus verdadeiros irmãos. Além destes, ele tinha interesse em literatura tcheca e apreciava também as obras de Goethe. Kafka obteve o grau de direito em 18 de julho de 1906 e fez um ano de estágio não remunerado obrigatório nas cortes civis e criminais.

TRABALHO

Em novembro de 1907, Kafka foi contratado pela *Assicurazioni Generali*, uma companhia de seguros italiana, onde trabalhou por quase um ano. Essa sua primeira experiência com uma jornada de trabalho (das 08:00 às 18:00) o deixou bastante insatisfeito, o que dificultou a concentração na escrita, que estava ganhando cada vez mais importância para ele.

Em 15 de julho de 1908, saiu desse emprego e, duas semanas depois, encontrou um trabalho que lhe permitiu se dedicar mais à escrita. Foi no Instituto de Seguros por Acidentes de Trabalho do Reino da Boêmia, onde lidou com investigação e a avaliação de compensação por danos pessoais para trabalhadores industriais. O professor de administração Peter Drucker atribui a Kafka o desenvolvimento do primeiro capacete de segurança civil.

Seus pais se referiam ao trabalho do filho de oficial de seguros como "trabalho ganha-pão", feito apenas para pagar as contas. Kafka afirmava detestar seu serviço. Mesmo assim, foi rapidamente promovido, e os seus deveres incluíam o processamento e a investigação das compensações exigidas, a redação de relatórios e o comando de pedidos de negociantes que achavam que as suas empresas foram colocadas em uma categoria de risco muito alta, o que acabaria por custar-lhes mais nas compensações de seguro.

Ele compilava e elaborava o relatório anual do instituto de seguros. Os relatórios eram bem recebidos pelos seus superiores. Kafka geralmente saía do trabalho às 14:00 horas, o que lhe dava tempo para se dedicar à literatura, com que se envolvia cada vez mais. O pai de Kafka também esperava que ele ajudasse a tomar conta da loja da família.

Pelo fim de 1911, o marido da sua irmã Elli, Karl Hermann, e Kafka tornaram-se companheiros na primeira fábrica de asbesto de Praga, conhecida como Prager Asbestwerke Hermann & Co., fundada com o dinheiro do dote dado por Hermann a Kafka. Kafka, no começo, demonstrou uma atitude positiva, dedicando grande parte do seu tempo livre para os negócios, mas, mais tarde, ressentiu-se pelo tempo que essa atividade tomava, distanciando-o da escrita.

Nessa época, Kafka se interessou pelo teatro iídiche. Após ver um grupo se apresentar em outubro de 1911, ele se aprofundou no idioma e na literatura iídiche. Esse interesse o levou também a estudar mais o judaísmo. Foi por essa época que Kafka se tornou vegetariano.

Por volta de 1915 Kafka foi convocado para o serviço militar na Primeira Guerra Mundial, mas os patrões no instituto de seguros conseguiram um adiamento, pois consideravam seu trabalho um trabalho público essencial. Mais tarde ele tentou se juntar ao Exército, mas foi impedido por problemas de saúde ligados à tuberculose, diagnóstico recebido em 1917.

Em 1918, Kafka foi afastado do trabalho no instituto de seguros, passando a receber uma pensão, pois a doença era incurável, na época. Com isso, ele passou a maior parte do resto de sua vida em sanatórios.

MULHERES

Segundo seus biógrafos, Kafka era obcecado pelo desejo sexual. O editor e publicitário alemão Reiner Stach afirma que sua vida era afetada por "uma atitude incessante de mulherengo" e que ele tinha medo de um fracasso sexual. Frequentava bordéis na maior parte de sua vida adulta e tinha interesse por pornografia. Manteve relações íntimas simultaneamente com diversas mulheres durante sua vida.

Em 13 de agosto de 1912, Kafka conheceu Felice Bauer, uma parente de seu amigo Brod. Uma semana depois do encontro, na casa de Brod, Kafka escreveu no seu diário:

"Senhorita FB. Quando cheguei no Brod em 13 de agosto, ela estava sentada na mesa. Não estava realmente interessado em quem ela era, porque isso estava claro desde o começo. Rosto ossudo e vazio que veste o seu vazio abertamente. Garganta nua. Uma camisa jogada por cima. Aparentava no entanto ser muito doméstica no seu vestido, mas como se viu, ela não o era de maneira alguma. (Eu me desvio dela um pouco examinando-a tão detidamente...) Um nariz quase quebrado. Loira, meio que reta, cabelo sem atrativos, queixo rígido. Quando estava sentando-me examinei-a detidamente pela primeira vez, quando estava sentado já tinha uma opinião imutável."

Pouco depois disso, Kafka escreveu o conto *O Julgamento* em apenas uma noite, e trabalhou em um período produzindo *Der Verschollene* (*O Desaparecido*) e *Die Verwandlung* (*A Metamorfose*).

Kafka e Felice Bauer comunicaram-se basicamente por cartas durante os próximos cinco anos, encontraram-se ocasionalmente e noivaram duas vezes. As extensas cartas de Kafka para ela foram publicadas em *Brife an Felice* (*Cartas para Felice*). As cartas dela não foram guardadas. De acordo com o biógrafo inglês James Hawes, por volta de 1920 Kafka estava noivo pela terceira vez, desta vez de Julie Wohryzek, uma camareira pobre e com pouca instrução. Apesar de os dois terem alugado um apartamento e marcado uma data para o casamento, a cerimônia nunca chegou a ocorrer.

Durante esse período Kafka começou um esboço da sua *Carta ao Pai*, que era contra Julie por causa das suas crenças sionistas. Antes da data do casamento, ele se envolveu com outra mulher. Apesar da necessidade de mulheres e sexo na sua vida, Franz Kafka tinha pouca autoestima, sentia-se sexualmente sujo e era tímido.

Segundo pesquisas de Brod, na época em que Kafka conheceu Felice Bauer, ele tinha um caso com uma amiga dela, Margarethe "Grete" Bloch, uma judia de Berlim. Brod afirma que Bloch deu à luz um filho de Kafka, embora Kafka não tenha tomado conhecimento da criança.

O garoto, cujo nome é desconhecido, teria nascido em 1914 ou 1915 e morrido em Munique em 1921.

Em agosto de 1917, logo depois de ser diagnosticado com tuberculose, Kafka foi morar alguns meses com sua irmã Ottla, que trabalhava na fazenda com o marido dela. Sentiu-se confortável ali e mais tarde descreveu esse período como o melhor de sua vida, provavelmente porque não tinha responsabilidades. Manteve diários e outros escritos íntimos. Dessas notas, Kafka tirou 109 bilhetes individuais de papel sem ordem cronológica. Foram mais tarde publicados como *Die Zürauer Aphorismen oder Betrachtungen über Sünde, Hoffnung, Leid und den wahren Weg* (*Os Aforismos de Zürau ou Reflexões sobre o Pecado, a Culpa, o Sofrimento e a Verdadeira Guerra*, publicado no Brasil como *Aforismos*).

Em 1920 Kafka iniciou uma intensa relação com Milena Jesenská, uma jornalista e escritora tcheca. Suas cartas para ela foram publicadas mais tarde como *Cartas a Milena*.

Durante suas férias em julho de 1923 em Graal-Müritz, no Mar Báltico, Kafka conheceu Dora Diamant, uma professora de jar-

Milena Jesenská

dim de infância de uma família judaica ortodoxa. Kafka, esperando escapar da influência da sua família para se concentrar na sua escrita, mudou-se rapidamente para Berlim e foi morar com Diamant. Ela tornou-se sua amante e fez com que ele começasse a interessar-se por Talmude. Nessa época trabalhou em quatro contos, que preparou para serem publicados como *Um Artista da Fome*.

PERSONALIDADE

Kafka temia que as pessoas o achassem repulsivo física e mentalmente. No entanto, aqueles que o conheciam percebiam que ele possuía um comportamento tranquilo quieto e agradável, uma inteligência notável e um senso de humor seco. Também o achavam juvenil e bonito, apesar de sua aparência austera.

Brod comparou Kafka a Heinrich von Kleist, observando que ambos os escritores tinham a habilidade de descrever realisticamente uma situação com detalhes precisos. Brod achava Kafka uma das pessoas mais divertidas que conheceu.

O escritor gostava de se divertir com seus amigos, e também os ajudava em situações difíceis com bons conselhos. Ele era um orador apaixonado, capaz de fazer um discurso como se fosse música. Brod considera que dois dos traços mais distintos de Kafka eram "veracidade absoluta" e "consciensiosidade exata". Ele explorava o detalhe, o imperceptível, o profundo com tanto amor e precisão que as coisas vinham à tona de uma forma inimaginável, parecendo estranhas, mas que eram pura verdade.

Apesar de Kafka ter demonstrado pouco interesse em se exercitar quando criança, mais tarde se dedicou a jogos e atividades físicas, sendo um bom ciclista, nadador e remador. Em fins de semana ele e seus amigos faziam longas caminhadas, muitas vezes planejadas pelo próprio Kafka.

Seus outros interesses incluíam medicina alternativa, sistemas modernos de educação, como o método Montessori, e novidades técnicas, como aviões e filmes.

A escrita era importante para Kafka, que considerava a atividade uma "forma de oração". Era muito sensível ao barulho e preferia o silêncio quando estava escrevendo.

Pérez-Álverez, outro estudioso de Kafka, conclui que o escritor provavelmente tinha algum tipo de transtorno de personalidade esquizoide: "*Não somente em A Metamorfose*, mas em várias de suas obras, aparentemente mostra características esquizoides de nível baixo a médio, o que explica muito da sua obra surpreendente."

Esse transtorno pode ser identificado no seu diário, em 21 de junho de 1913: "O mundo gigante que tenho em minha cabeça. Mas como me libertar e libertá-los sem rasgos. E uma centena de vezes rasgam-se em mim para então serem segurados ou enterrados. Por isso estou aqui, isso está bastante claro para mim."

Em *Zürau Aphorism* de número 50, Kafka afirmou: "O homem não pode viver sem uma confiança permanente em algo indestrutível em si mesmo, apesar de tanto essa coisa indestrutível como a sua própria confiança poderem permanecer escondidas dele."

Dr Manfred. M. Fichter, da Clínica Psiquiátrica da Universidade de Munique, apresentou "provas para a hipótese de que o escritor Franz Kafka sofreu de uma anorexia nervosa anormal", e que não era somente solitário e depressivo, mas também "ocasionalmente suicida".

No seu livro de 1995 *Franz Kafka, the Jewish Patient*, o pesquisador e historiador americano Sander Gilman investiga "o motivo pelo qual um judeu pode ter sido considerado hipocondríaco ou homossexual e como Kafka incorporou aspectos dessas maneiras de entendimento do judeu na sua imagem de si mesmo e na sua escrita". Segundo ele, Kafka pensou em cometer suicídio pelo menos uma vez, no fim de 1912.

Apesar de Kafka nunca ter se casado, tinha o casamento e os filhos em alta conta. Teve inúmeras namoradas, mas alguns estudiosos especularam sobre sua orientação sexual. Outros sugeriram que ele sofreu um distúrbio alimentar.

POLÍTICA

Antes da Primeira Guerra Mundial, Kafka assistiu a diversos encontros do Klub Mladých, uma organização anarquista, antimilitarista e anticlerical. Hugo Bergmann, que frequentou as mesmas escolas elementares e primárias, desentendeu-se com Kafka durante seu último ano acadêmico (1900-1901) porque o socialismo de Kafka e o meu sionismo eram muito acentuados, e declarou que em 1898 "Franz tornou-se um socialista, eu tornei-me um sionista. As sínteses do sionismo e do socialismo ainda não existiam".

Em uma passagem em seu diário, Kafka se referiu assim aos anarquistas tchecos: *"Eles, irrepreensivelmente, buscam compreender a felicidade humana. Eu os entendo. Mas era incapaz de continuar marchando ao seu lado por muito tempo"*.

Durante a era comunista, o legado da obra de Kafka para o Bloco do Leste foi tema de discussões acaloradas. Muitos diziam que ele satirizava a trapalhada burocrática de um Império Austro-Húngaro decadente, e outros acreditavam que o escritor encarnou a ascensão do socialismo.

Outro ponto importante foi a teoria da alienação de Marx. Enquanto a posição ortodoxa defendia que as representações de alienação de Kafka não eram mais relevantes para uma sociedade que havia supostamente acabado com a alienação, uma conferência em 1963 realizada em Liblice, na então Tchecoslováquia, no octogésimo aniversário da sua morte, fez com que a importância da representação de Kafka da burocracia ressurgisse. Se Kafka foi ou não um escritor político ainda é uma questão em debate.

JUDAÍSMO E SIONISMO

Kafka tinha grande fascinação pelos judeus do Leste Europeu, pois considerava que eles tinham uma vida espiritual de uma intensidade que não era encontrada nos judeus do Ocidente. Seu diário está cheio de referências a escritores iídiches. Apesar disso, por vezes ele distanciava-se do judaísmo e da vida judaica:

"O que eu tenho em comum com os judeus? Mal tenho algo em comum comigo mesmo, e deveria estar quieto em um corredor, contente por respirar".

Na adolescência, Kafka se declarou ateu.

Na opinião do crítico literário americano Harold Bloom, apesar da dureza de Kafka com sua herança judaica, ele foi o escritor judeu por excelência. Lothar Kahn, professor americano, especialista no tema, declarou que "a presença do judaísmo na obra de Kafka não é mais assunto para se discutir".

No seu ensaio *Sadness in Palestine?*, Dan Miron, crítico literário judeu, radicado nos EUA, explora a conexão de Kafka ao sionismo:

"*Parece que aqueles que afirmam que houve tal conexão e que o sionismo ocupou um papel central na sua vida e na sua obra literária, e aqueles que negam completamente a conexão ou descartam sua importância, estão igualmente enganados. A verdade reside em um lugar bastante esquivo entre esses polos simplistas*".

"Pensador", desenho de Kafka enviado em uma carta para Felice Bauer.

Kafka pensou em se mudar para a Palestina com Felice Bauer, e mais tarde com Dora Diamant. Estudou hebraico enquanto vivia em Berlim, contratando um amigo de Brod da Palestina, Pua Bat-Tovim, para lhe ensinar o idioma, e frequentou as aulas dos rabinos Julius Grünthal e Julius Guttman no Berlin Hochschule für die Wissenschaft des Judentums (Colégio de Berlim para o Estudo do Judaísmo).

Perto do fim de sua vida, Kafka enviou um cartão-postal para seu amigo Hugo Bergman, em Tel Aviv, informando sua intenção de imigrar para a Palestina. Bergman recusou-se a hospedar Kafka pois tinha filhos pequenos e temia a possibilidade de Kafka passar tuberculose para eles.

Toda a obra publicada de Kafka, com exceção de algumas cartas que escreveu em tcheco para Milena Jesenská, foi escrita em alemão. O pouco que foi publicado em sua vida não chamou atenção da opinião pública.

Kafka não terminou nenhum de seus romances maiores e queimou cerca de 90% da obra, grande parte durante o período em que viveu em Berlim com Diamant, quem o ajudou a destruir os rascunhos.

Nos seus primeiros anos como escritor, ele foi influenciado por von Kleist, sobre cuja obra ele descreveu, em uma carta a Bauer, como assustadora e a quem ele considerava mais próximo que sua própria família.

CONTOS

As primeiras obras publicadas de Kafka foram oito contos que apareceram em 1908 na primeira edição do jornal literário Hyperion, sob o título de *Contemplação*. Escreveu o conto *Descrição de uma Luta* em 1904. Mostrou-o a Bord em 1905, que o aconselhou a continuar a escrever e o convenceu a enviá-lo ao Hyperion. Kafka publicou um excerto em 1908 e duas seções na primavera de 1909, tudo em Munique.

Em um repente criativo na noite de 22 de setembro de 1912, Kafka escreveu o conto *O Veredicto* e o dedicou a Felice Bauer. Brod notou a similaridade entre os nomes do protagonista principal e da sua noiva fictícia, Georg Bendemann e Frieda Brandenfeld, aos de Franz Kafka e Felice Baeur. O conto trata da relação conturbada de um filho e seu pai dominador, que enfrenta uma nova fase após o noivado do filho. Kafka mais tarde revelou estar escrevendo, em "completa abertura de corpo e alma", um conto que "desenvolveu-se em um nascimento verdadeiro, coberto de sujeira e lodo". O texto foi publicado primeiramente em Leipzig em 1912 e dedicado *"à senhorita Felice Bauer"* e em edições subsequentes *"a F."*.

Em 1912, Kafka escreveu o conto *A Metamorfose*, publicado em 1915 em Leipzig. Os críticos consideram a obra uma das obras essenciais da ficção do século XX.

O conto *Na Colônia Penal*, que trata de um elaborado dispositivo de tortura e execução, foi escrito em outubro de 1914, revisado em 1918 e publicado em Leipzig durante outubro de 1919. O conto *Um Artista da Fome*, publicado no periódico *Die Neue Rundschau* em 1924, narra a história de um protagonista fracassado cuja grande façanha era a de poder passar fome por vários dias. Seu último conto, *Josefina, a cantora ou o Povo dos Ratos*, também lida com a relação entre o artista e seu público.

ROMANCES

Kafka começou o projeto para seu primeiro romance em 1912. O primeiro capítulo é o conto *O Foguista*. Kafka intitulou a obra, que permaneceu inacabada, de *O Desaparecido*, mas Brod o publicou, após a morte do amigo, sob o título de *América*. A inspiração para o romance veio da apresentação teatral iídiche que ele assistiu no último ano e que o levou a uma nova percepção sobre suas raízes, o que, por sua vez, fez com que ele passasse a acreditar que dentro de cada um vive uma versão inata de sua origem. Com um humor mais explícito e um estilo um pouco mais realista do que os encontrados na maior parte das obras de Kafka, o romance tem como base para sua trama um sistema opressivo e intocável que coloca repetidamente o protagonista em situações bizarras. Contém muitos detalhes de experiências vividas por parentes de Kafka que emigraram para a América e é a única obra para a qual Kafka destinou um final otimista.

Durante 1914, Kafka começou o romance *O Processo*, a história de um homem processado por uma autoridade remota e inacessível, sendo a natureza de seu crime mantida oculta tanto para ele quanto para o leitor. Kafka não concluiu o romance, apesar de ter finalizado o capítulo final.

De acordo com Elias Canetti, vencedor de Prêmio Nobel e especialista em Kafka, Felice foi fundamental para o desenvolvimento da trama do romance, e Kafka disse que esta era *"a história dela"*. Canetti intitulou o seu livro sobre as cartas de Kafka para Felice de *O Outro Processo*, em reconhecimento da relação entre as cartas e o romance.

A crítica literária americana Michiko Kakutani observou em uma resenha para o *The New York Times* que as cartas de Kafka têm as "digitais de sua ficção: a mesma atenção nervosa a particularidades diminutas; o mesmo conhecimento paranoico de balanças mutáveis do poder; a mesma atmosfera de sufocamento emocional – combinados, surpreendentemente, com momentos de ardor e encanto juvenis".

De acordo com seu diário, Kafka já tinha em planejamento o romance *O Castelo* em 11 de junho de 1914. Mas só começou a escrever em 27 de janeiro de 1922. O protagonista é um agrimensor chamado K., que luta por razões desconhecidas para ter acesso às misteriosas autoridades de um castelo que governa a vila. A intenção de Kafka era que as autoridades do castelo notificassem K. no seu leito de morte que "seu requerimento legal de viver na vila era inválido, mas, levando-se em conta certas circunstâncias auxiliadoras, ele estava prestes a ser autorizado a viver e trabalhar ali". Sombrio e algumas vezes surreal, o romance foca na alienação, na burocracia, nas aparentemente intermináveis tentativas fracassadas do homem em resistir ao sistema, e na busca inútil e infrutífera de uma meta inalcançável.

O estudioso americano Hartmut M. Rastalsky, da Universidade de Michigan, observou na sua tese:

"Como em sonhos, seus textos unem detalhes realistas precisos com coisas absurdas, observações detalhadas e protagonistas racionais com esquecimentos e descuidos inexplicáveis".

Os contos de Kafka foram primeiro publicados em periódicos literários. Os oito primeiros contos saíram na primeira edição, de 1908, da revista bimensal *Hyperion*. Franz Bei, amigo de Kafka, publicou dois textos em 1909 que viriam a se tornar parte da *Descrição de uma Luta*. Um trecho do conto *Os Aviões em Brescia*, escrito em uma viagem à Itália para Brod, apareceram no jornal Bohemia em 18 de setembro de 1909. Em 27 de março de 1910, vários contos que mais tarde integrariam a coleção *Contemplação* foram publicados na edição especial de Páscoa do Bohemia. Em 1913, em Leipzig, Brod e o editor Kurt Wolff colocaram *O Veredicto*. O conto *Diante da Lei* foi publicado na edição comemorativa de ano-novo de 1915 do semanário judeu independente Selbstwehr e foi reimpresso em 1919 como parte da coleção de contos *Um Médico Rural*, tornando-se parte do romance *O Processo*. Outros contos foram editados em diversas publicações, incluindo a *Der Jude*, revista de Brok, o jornal *Prager Tagblatt* e os periódicos *Die Neue Rundschau*, *Genius* e *Prager Presse*.

O primeiro livro publicado de Kafka, *Contemplação*, é uma coleção de 18 contos escritos entre 1904 e 1912. Em uma viagem de férias para Weimar, Brod apresentou Kafka para Kurt Wolff, que publicou *Meditações pela* editora Rowohlt Verlag no fim de 1912.

Kafka deixou os direitos de sua obra, tanto a publicada quanto a não publicada, para seu amigo e testamenteiro literário Max Brod, com instruções explícitas de que ela deveria ser destruída após sua morte. Kafka escreveu: *"Querido Max, meu último pedido: Tudo que eu deixo para trás... na forma de diários, manuscritos, cartas (minhas e de outras pessoas), esboços, e assim por diante, deve ser queimado sem ser lido"*. Brod decidiu ignorar este pedido e publicar os romances e a obra completa entre 1925 e 1935. Levou consigo muitos papéis, que permaneceram sem ser publicados, nas suas malas quando fugiu para a Palestina em 1939. A última amante de Kafka, Dora Diamant (mais tarde chamada de Dymant-Lask), também ignorou seus pedidos, mantendo secretamente 20 cadernos e 35 cartas. Eles foram confiscados pela Gestapo em 1933, mas pesquisadores continuam a procurar.

Max achou difícil organizar os cadernos de Kafka em ordem cronológica. Um problema encontrado para isso é que Kafka muitas vezes escrevia em diferentes partes do livro, em vez de concluir um capítulo. Brod tentou organizar, com o material que tinha, da forma como Kafka aparentemente organizaria, de acordo com seus diários e cartas, muitas das obras inacabadas, para que elas pudessem ser publicadas. Kafka, por exemplo, deixou *O Processo* com capítulos desorganizados e inacabados e *O Castelo* com frases incompletas e conteúdos ambíguos. Brod reorganizou os capítulos, editou o texto e mudou a pontuação. *O Processo* foi publicado em 1925 na *Verlag Die Schmiede*.

Em 1961, Malcolm Pasley adquiriu a maior parte dos manuscritos originais de Kafka para a Biblioteca Bodleiana, da Universidade de Oxford. O manuscrito de *O Processo* mais tarde foi adquirido através de um leilão e está guardado no Arquivo de Literatura Alemã em Marbach am Neckar, na Alemanha.

Mais tarde, Pasley liderou uma equipe (da qual participaram Gerhard Neumann, Jost Schillemeit e Jürgen Born) que reconstruiu os romances de Kafka; S. Fischer Verlag republicou-os. Pasley foi o editor da edição de *O Castelo,* publicada em 1982 e a de *O Processo,* publicada em 1990. Jost Schillemeit foi o editor da edição de *O Desaparecido,* publicada em 1983.

Quando Brod morreu, em 1968, ele deixou os escritos ainda inéditos de Kafka, cujo número acredita-se chegar às centenas, à sua secretária, Ester Hoffe. Ela publicou e vendeu alguns, mas deixou a maioria para suas filhas, Eva e Ruth, que também se recusaram a publicar.

Uma briga judicial começou em 2008 entre as irmãs e a Livraria Nacional de Israel, que alegou que essas obras tornaram-se propriedade da nação de Israel quando Brod emigrou para a Palestina Britânica em 1939. Esher Hoffe vendeu o manuscrito original de *O Processo* por US$ 2 milhões em 1988 para o Arquivo de Literatura Alemã do Museu de Literatura Moderna em Marbach am Neckar.

Um tribunal de família de Tel Aviv decidiu, em 2010, que os escritos deveriam ser divulgados, juntamente com outros mais concluídos, incluindo um conto jamais publicado, mas a disputa legal continuou. Os Hoffe alegam que os escritos são patrimônio pessoal deles, enquanto a Biblioteca Nacional argumenta que eles são "patrimônios culturais pertencentes ao povo judeu". A Biblioteca Nacional também sugere que Brod legou os escritos para ela em seu testamento. A corte de família de Tel Aviv decidiu, em outubro de 2012, que os escritos pertencem à Biblioteca Nacional.

MORTE

A tuberculose laríngea de Kafka piorou e, no dia 3 de março de 1924, faleceu no sanatório de Kierling, na Áustria. Pouco antes, o escritor fez a última revisão das provas de *Um Artista da Fome* no seu leito de morte. Seu corpo foi levado de volta a Praga, onde foi sepultado em 11 de junho de 1924, no Novo Cemitério Judeu, em Žižkov.

O historiador e crítico francês Gérard-Georges Lemaire relata que uma centena de pessoas foi assistir ao enterro de um escritor que publicara muito pouco em sua língua materna, o alemão, e ainda menos em tcheco.

Lemaire lembra que o poeta e historiador tcheco Johannes Urzidil, presente no funeral, fez esta observação: *"Para os poetas e os escritores de Praga, e sobretudo para os judeus alemães de*

Praga, foi um dia obscuro e triste". Na sua opinião, o que reuniu aquela pequena multidão foi a tomada de consciência do início de um fim: *"Mais nos aproximávamos da câmara ardente, mais nos abandonava o senso do definitivo".*

Kafka foi desconhecido em vida, mas ele não considerava a fama algo importante. Tornou-se famoso logo após a morte.

Kafka, em 1923

Franz Kafka